YOUR FIREWORKS,

MY HEAVEN

YOUR FIREWORKS,
不是所有的痛都能被爱化解，不是所有的
感情都能成为喜欢。
也许这一生，我都无法逃离那个人，就像
是吃下了爱情的毒药。

©S.O.L.Bianca Creation works

YOUR FIREWORKS,
时光总是能在不经意间唤起记忆里最
深的**伤痛**。
若真的必须有一个人来承受这一切的
苦痛，那就让我成为**这个人**。
©SOL.Bianca Creation works

你的烟火，我的天堂

YOUR FIREWORKS, MY HEAVEN

盛颖 著

你用火柴点燃了我的烟火，如同点亮了我黑暗的人生。
从此，爱你便是我毕生唯一要学会的事。

——题记

CNS PUBLISHING & MEDIA 中南出版传媒 | 湖南少年儿童出版社
HUNAN JUVENILE & CHILDREN'S PUBLISHING HOUSE

图书在版编目（CIP）数据

你的烟火，我的天堂 / 盛颖著. -- 长沙 ：湖南少年儿童出版社，2014.9
ISBN 978-7-5562-0400-7

Ⅰ. ①你… Ⅱ. ①盛… Ⅲ. ①长篇小说－中国－当代 Ⅳ. ①I247.5

中国版本图书馆CIP数据核字（2014）第166833号

责任编辑：钟小艳
品牌运营：Sean.L
特约编辑：李　黎　又　又
视觉监制：611
文字编辑：杨汪芬
装帧设计：赖　婷
插画制作：索·比昂卡创作组
（蓝色创可贴　Erich）
文字校对：后　鹏

出 版 人：胡　坚
出版发行：湖南少年儿童出版社
地　　址：湖南省长沙市晚报大道 89 号　邮　　编：410016
电　　话：0731-82196340（销售部）　82196313（总编室）
传　　真：0731-82199308（销售部）　82196330（综合管理部）

经　　销：新华书店
常年法律顾问：北京市长安律师事务所长沙分所 张晓军律师
印　　刷：长沙市精宏印务有限公司
印　　张：16　开　　本：660 mm × 960 mm　1/16
版　　次：2014 年 9 月第 1 版　印　　次：2014 年 9 月第 1 次印刷
定　　价：25.80 元

目录 contents

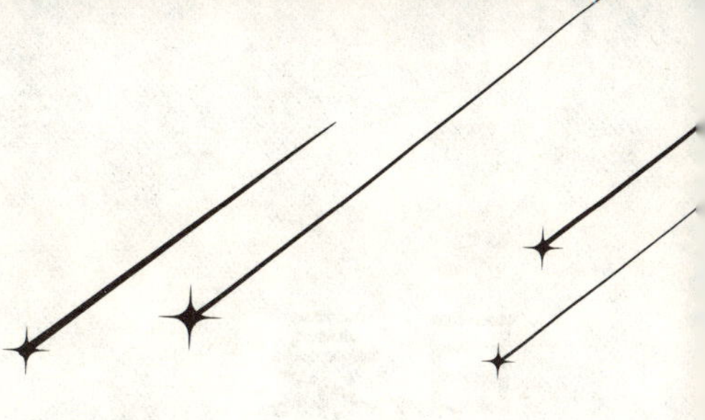

目录

contents

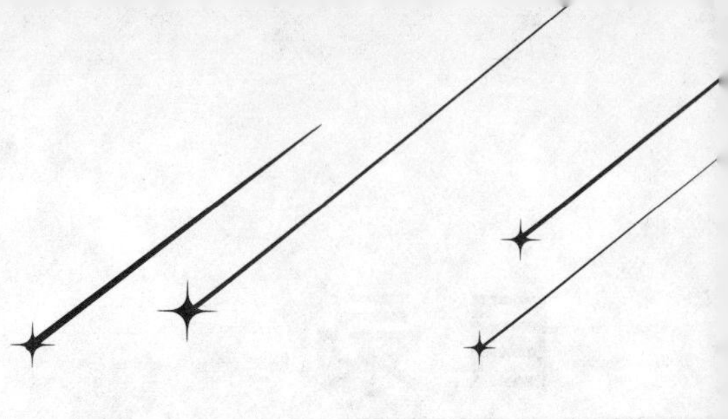

楔子
PROLOGUE
YOUR
FIREWORKS,
MY HEAVEN

黎羽沫又做了那个梦。

那一日，天空灰蒙蒙的，夏日的气息却无处不在，看不见的热气从地上一点一点地冒了出来，直袭人心。她还来不及去阻止他们之间的争吵，一辆车呼啸而过，眼前便只剩下一片森森白骨，鲜红的血液顺着马路流到了她的脚边，慢慢地将她眼前的世界淹没，也夺去了她的呼吸。

“不要——”黎羽沫惊叫一声，瞬间从噩梦中惊醒过来。她靠在床头深深地呼吸，直到心跳渐渐平稳下来，才侧过头看向闹钟，离设定起床的时间只有半个小时了。想到昨天下班之前总经理宣布了今天一早要开会，她便掀开被子起床了。

大学毕业回国后，黎羽沫便在国内一家小有名气的装饰设计工程公司任职室内装修设计师，到现在为止已经三年了。从一名小小的设计师助理到公司里数一数二的优秀设计师，一路走来，其中的辛苦也只有她自己知道，好在她早已不再是当年那个什么都不懂的少女了。

打车到了公司楼下，见时间还早，黎羽沫便一个人到附近的餐厅去吃早餐。正好遇到了和她一起工作的助理蒋小雨，两个人便一起进了公司乘电梯上楼，刚出电梯，就见到总经理在那里喊着准备开会。

“每次都是这样，还没到开会的时间就在这里叫起来了。”蒋小雨不悦地发着牢骚。黎羽沫微笑着拍了拍她的肩膀，放下东西，拿着笔记本走进了会议室。

一大早开会，有的人还没有从睡梦中回过神来，总经理的脸色不是很好，逐个地批评了之后才开始分配工作，然而这些工作中却没有一项分到黎羽沫手中。

“羽沫姐，总经理该不会是不想让你工作吧？你看其他人都分配了工作，就你没有。”坐在一旁的蒋小雨凑到黎羽沫的耳边嘀咕道。

黎羽沫听了只是微微一笑，说道：“总经理可能有另外的安排。”

话音刚落，总经理便叫到了黎羽沫：“羽沫啊，这是天翊广告公司来的大单子，相信你应该听过他们的名字，是一家与国外大广告公司合资的公司。他们公司最近搬了新址，需要做一下室内装修，还特地指明了让你来给他们做设计，文件里面有他们的联系方式，一会儿你去和他们的总经理联系一下。”说着，一份文件夹递到了黎羽沫的面前。

黎羽沫静静地接了过来，也没有打开看，感觉周围有好几道目光都落在了她的身上，意味不明，但她已经习惯了。就算长得漂亮，在竞争这样激烈的职场里也是没有任何例外的。虽然公司里一直有传言说她因为年轻，外加长相出色而被总经理优待，接到的单子都是大公司的指定项目，但他们不知道的是，这些都是黎羽沫用实力换来的，与长相毫无关系。

会议结束后，黎羽沫回到自己的办公桌，翻开文件夹，一张精致的名片映入眼帘。待她看到名片上的名字时，顿时愣住了——天翊广告传媒有限公司总经理曾之翊。愣了好一会儿，黎羽沫才回过神来，将名片抽出递给了助理蒋小雨：“小雨，你联系一下天翊广告公司的总经理，问一下他对他们公司的装修设计有什么要求。”

“好的。”蒋小雨接过了名片。

黎羽沫闭上眼睛，曾之翊的名字就像印在了脑袋里一般，怎样都挥不去。半晌之后，她睁开眼睛继续看文件，只等蒋小雨了解到他的要求后便开始根据文件里标

注的大小画设计初稿。

大约过了10分钟，蒋小雨面露难色地拿着名片来到她面前，小声说道：“羽沫姐，天翊广告的总经理要求直接和你谈。”

黎羽沫觉得头痛，只希望这个曾之翊不是她认识的那个曾之翊。她接过名片，照着上面的号码打了过去，响了两声，电话就接通了，她率先开口：“您好，我是品意装饰设计的黎羽沫。”

“黎羽沫，我是曾之翊。”从话筒里传来的声音带着几分熟悉的感觉，与记忆深处的那个声音渐渐重叠起来——真的是他。

黎羽沫与曾之翊约好下午两点在天翊广告公司见面，中午吃过午餐，稍稍休息了一下，她便离开公司拦了一辆出租车，一上车便报上了地址：“宏伟路32号，天翊广告。”

车缓缓向前驶去，手机在此时响了起来。黎羽沫掏出来一看，是楚桥打来的，立刻接了起来：“喂，楚桥。”

“吃过午饭了吗？”楚桥笑道。

“吃过了，我现在正要去天翊广告。”

“天翊广告？”楚桥提高了音量，“曾之翊？”

黎羽沫一愣，镇定地问道：“你也知道？”

“嗯，我也是前几天才听说的。”楚桥的声音渐渐变得低沉，“黎羽沫，你做好准备再次见他了吗？”

黎羽沫不知道，而她也从来没有想过她与他会是以这样的方式再见面。

挂了电话，黎羽沫望着车窗外飞驰而过的建筑，眼前开始变得模糊起来。尘封了多年的往事就像来自远方的潮水不断向她涌来，她缓缓地闭上了眼睛。

第一话
01
CHAPTER
当年
YOUR
FIREWORKS,
MY HEAVEN

被隐藏的秘密，每揭开一片，都是还未愈合的伤疤。

01

黎羽沫一直都记得她第一次正眼看那人的情形。

那天正是周一，她重新返校，天气不是很好，阴沉沉的，压抑得让人难受，如同她此刻的心情一般。不过短短几天的时间，她从被开除再到重新返校，其中发生的事情十分曲折，竟然让她有种恍如隔世的感觉，仿佛瞬间长大了。

她读的是市里数一数二的学校，也是升学率极高的学校，黎羽沫是从初中部直接升上来的。她向来不怎么爱学习，升学之后，更觉得被老师和分数压制着的学习生活太无趣了，便渐渐变得贪玩起来，做出了逃课等一系列问题学生会做的事情。正因为如此，她才会被学校开除。

第一节课是班主任的课，班主任见到她的时候，十分嫌恶地看了她一眼，又以师长的身份当着全班同学的面狠狠地训斥了她一番。黎羽沫只当没听到，趴在自己的桌上看小人书，静静地等着时间过去。

好不容易到了午休时间，黎羽沫的好哥们儿楚桥得知她回来的消息之后，直嚷着要去学校附近的KFC大吃一顿。黎羽沫拗不过他，便带着同桌兼闺密景悠一起去了。

吃东西的时候，楚桥问起了黎羽沫回学校的方法，还扬言自己如果被开除了，也要向她学习学习。就连景悠也十分好奇，拉着她一个劲地问道：“羽沫，我也很好奇，到底是怎么一回事啊？”

正在吃东西的黎羽沫对楚桥翻了一个白眼，说道：“你怎么可能会被开除？也不想想你爸爸是谁。”

说完，她便低下头专心吃东西。

楚桥的爸爸是市里一个大集团的董事长，而楚桥是他的私生子，虽然暂时还不能认他，但楚桥是他儿子的事是公认的事实。楚桥有这样的背景，学校就算想开除他，也要看看他爸爸是谁。

也许是她的语气不太好，楚桥愣了一下，与景悠相互看了一眼，好一会儿才笑着说道：“吃东西，吃东西，别说这些没有意义的事情了。反正你已经回学校了，以后千万别再被开除了，要不然我去哪里找你这样和我合得来的人？”

黎羽沫抬起头看了楚桥一眼，然后默默地低下头插上吸管喝可乐。冰凉的可乐滑入喉咙，一直流入胃里，即使是在这样微暖的春季，她也觉得冷。

吃完快餐之后，三个人一起走回学校。

回学校的路上，黎羽沫走得很慢，没有说一句话，只是静静地看着街道两旁的树和来来往往的行人。但正因为这样的安静，她那张本就美丽的脸也更加引人注目了。一走进学校，便有不少男生投来目光，也有人在议论着明明她已经被校长开除了，却还可以回来上课的原因。

景悠只觉得黎羽沫今天有些异样，于是小声地问她：“黎羽沫，你怎么了？”

黎羽沫摇了摇头：“没事。”

“那些人就是无聊，羽沫回学校是因为什么关他们什么事。”一直走在黎羽沫前面的楚桥轻哼了一声，回过头朝她露出了笑容，看上去格外帅气，“羽沫，你别理他们，这些人整天有事没事就喜欢议论别人，和他们没有关系的事情也喜欢讨论来讨论去，真没意思。”

楚桥望着她，笑容灿烂而温暖。

他眼中的深意黎羽沫不是看不出来，她下意识地躲开望向别的地方，却在看到一抹颀长的身影时怔了一下。

高大的梧桐树下站着一个身材颀长的男生，他穿着雪白的衬衫和深蓝色的牛仔裤，单单看着侧脸就觉得他十分俊朗。黎羽沫定定地看了他好一会儿，确认他真的是那个人时，才抽出被景悠拉着的手，大步往他所在的地方走去，也顾不得身后楚桥和景悠的喊声。

曾之翊此时正被一个清秀的女生拦着，那个女生正低着头给他什么东西，脸上带着羞涩的神情。就在他接过女生递来的东西时，一只手从他的手中把东西抢了过来。他微微一愣，立刻侧过头望了过去。

“我还以为是什么呢，原来只是复习笔记啊！”黎羽沫随意地翻了翻手中的笔记本，目光若有似无地从曾之翊那张俊美的脸上扫过。

曾之翊没想到抢自己笔记本的人会是黎羽沫，惊讶于她那张让人过目不忘的漂亮面庞时，他还是很有礼貌地对她说了一句：“请把我的笔记本还给我，谢谢。”

“还给你？凭什么？”黎羽沫脸色一变，漂亮的脸蛋看上去有别样的风采，“我要找找里面会不会有什么情书，要知道早恋可是很不好的。”她的语气很不友善。

已经追过来的楚桥和景悠有些不明白她在做什么，小声地问她：“羽沫，你在做什么？干吗抢这个好学生的笔记本？”

黎羽沫只是侧过头看了楚桥一眼，粲然一笑，又对曾之翊说道：“我偏不。”

曾之翊眉头微皱，虽然他从来都没有和她接触过，但“黎羽沫”这个名字对他来说并不陌生——逃课，顶撞老师，却长得漂亮，被学校里很多男生称为校花。

他不止一次从班上的男生嘴里听过她的名字，偶尔在校园里也远远地见过她几次。

上周，她因为逃课的次数太多而被学校开除了，虽然不明白为什么她还能回来上课，但曾之翊想着她只是一个女生，便压低了声音，极其诚恳地说道：“黎羽沫，这份复习笔记对我很重要，里面也不会有你所说的什么情书，麻烦你还给我好吗？”

居然还知道她的名字，真是不简单！

黎羽沫见周围看热闹的人越来越多，便不管不顾地转身往学校广场中央的水池走了过去。她一边走一边一页一页地撕着手里的笔记本，就好像她和这笔记本有深仇大恨一般，不过一会儿，笔记本已经被她撕得体无完肤了。

一直追着她的曾之翊完全没有想到黎羽沫会这么做，于是跑到她面前准备从她手里抢回笔记本，但她哪里会这么轻易让他抢到。

只见黎羽沫一个漂亮的侧身躲开了他，大步走到了水池边，毫不犹豫地将撕碎了的笔记本扔进水池中，然后侧过头望着他，粲然一笑，十分无辜地说道：“不好意思，手滑了。”

霎时，周围响起一阵倒抽凉气的声音。

“黎羽沫，你干吗撕我的笔记本？还扔进水池里？”一贯冷静自持的曾之翊看到这一幕，气得脸都青了，一双明亮的眼睛似乎要喷出火来，声音也比刚才大了几分，“你一个女生怎么能这么过分？我哪里得罪你了？”

眼看情况有些不妙，楚桥和景悠立刻从人群中冲过来，站在黎羽沫的身边。景悠紧张地拉着她问道：“羽沫，你干吗？他又没有得罪你。”

黎羽沫没理她，眼里含着笑意望着曾之翊，随意地拍了拍手，然后走到他的面前，说道：“你的存在便是得罪了我。”

02 

现在想起来，黎羽沫觉得自己当初真的很幼稚可笑，但无奈时光太短，记忆却绵长，想起这个名字的同时，也能想起过去的自己。眨眼之间，竟然已经过了7年之久。

黎羽沫睁开眼睛，屏住呼吸看着此刻坐在自己面前西装革履的青年才俊，竟然不知道要怎么开口。她是叫他的名字，还是称他为“曾总经理”？无论是哪个，她叫起来都很难。

会客厅里的气氛有些古怪，安静得让人害怕。

黎羽沫收回目光，不再去看对面的曾之翊，而是静静地盯着自己面前已经没有热气的花茶，正想开口说话时，那人的声音传了过来。

“好久不见。”

“是啊，好久不见。”黎羽沫顺势端起了那杯花茶慢慢地喝着，目光始终不投向他。

曾之翊微微眯起眼睛，注视着黎羽沫那张精致美丽的脸，听着她淡淡的声音，一时间也忘了呼吸，只道："没想到要帮我们公司做室内设计的人竟然是你，这么多年没有见面了，你居然当了室内设计师，在业界好像也小有名气吧。"

什么叫"没想到"？只怕是早有预谋吧，不然怎么会亲自和她谈？

黎羽沫已经整理好了思绪，抬起头对他露出了标准的微笑，四两拨千斤地回道："我也没有想到你是这家广告公司的总经理。"

"既然见面了，工作的事情可以先不谈，晚上一起吃个饭吧。"

曾之翊十分有礼，俊朗出色的面容较之以前的青涩已经是大不相同，成熟沉稳的气息也扑面而来，就这样看着，好像也能被他的气息所影响。

"不了。"黎羽沫直言道，"我来只是谈工作的。"

"可是我今天不想谈工作。"曾之翊笑了起来，一如当初笑得那么好看，他随意地往椅背靠去，自有一种慵懒的风姿，"老同学再见，怎么样也不应该把时间浪费在工作上，以后多的是时间。"

"是啊，多的是时间。"黎羽沫微笑道，"等工作结束了再约也不迟。"

"好，这可是你说的。"曾之翊终于让步了，挑了挑眉毛，笑意盈盈地凑过来，"到时候要是我约你吃饭，不许再找理由推掉了。"

黎羽沫莞尔一笑，但眼中没有半点儿笑意。

离开的时候天色已经暗了下来，刚走出写字楼，黎羽沫就看到了楚桥那辆黑色路虎车停在路边，而车里的人也看到了她，十分默契地帮她打开了车门。

黎羽沫坐了上去，一直压抑着的心情仿佛在这一刻得到了缓解。她躺在软椅上轻轻地叹了一口气，然后闭上眼睛问楚桥："你怎么知道这里的？"

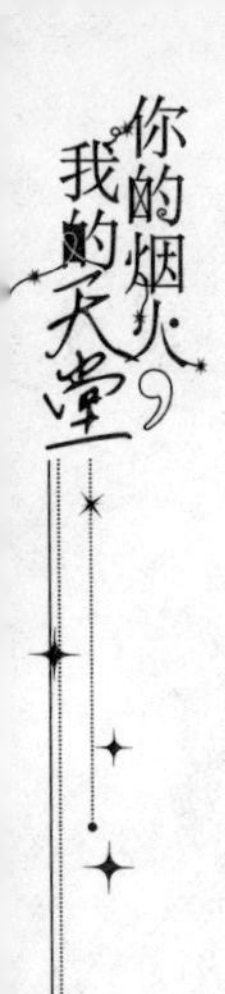

“打个电话问一下就知道了。”楚桥一边开车一边回答道，见黎羽沫闭着眼睛，便担忧地问她：“怎么了？很累吗？”

黎羽沫缓缓地睁开了眼睛，无声一笑：“嗯。”

其实并不是累，只是所发生的一切都始料未及，如多年前一般。

曾之翊来得这样突然，让她措手不及。

“想吃什么？”楚桥又问。

“你看着办吧。”

楚桥带黎羽沫去了他们常去的火锅店，因为天气还比较暖，店里没有很多客人。找了靠窗的位子坐下，楚桥就递来了菜单：“你来点。”

黎羽沫不客气地接过菜单，一口气点了很多菜，最后还要了好几瓶啤酒，让楚桥有些反应不过来。

“你不是不喝酒的吗？”

黎羽沫淡淡一笑，说道：“今天想喝一点儿了。”

楚桥没有再说什么，他知道她见了曾之翊后心里不是很痛快。当年所有的事情他都知道得清清楚楚，而他也明白，她是鼓起了多大的勇气才重新回到正常的生活。曾经在黎羽沫的生命里，给了她深刻记忆的人再出现在她的面前，如果是他自己，不见得会像她现在这么镇定自若。

这天晚上，黎羽沫喝了很多酒，但没有醉，坐在楚桥的车上回去的时候，还十分清醒地对他说：“楚桥，你知道吗？他变了呢。”

楚桥专心地开着车，没有应她，只侧过头看了她一眼。

“从前那一副书呆子的样子……好像不见了，又成熟……又稳重，还给人一种久居上位的压迫感……不知道这些年他在国外是怎么过来的……”黎羽沫很安静地说着，眼神迷离，也不知道在看哪里，“世界怎么这么小，偏偏又让我遇到了……”说到这里，她渐渐地沉睡过去。

“世界本就不大，何况他本是为你而来。”楚桥低低地说道，声音细不可闻。

睡梦中的黎羽沫不自觉地陷入了回忆中。

03 

把曾之翊的笔记本撕碎扔进水池带来的快感来得很快，消失得也很快。

黎羽沫刚开始觉得自己这样做很解气，但渐渐也不那么高兴了，就连在学校食堂吃晚饭的时候，都有些心不在焉。

景悠不明白黎羽沫的所作所为，又见她在吃饭的时候发呆，便忍不住问她：“黎羽沫，你今天中午是怎么回事？为什么突然对曾之翊那样？他可是校长的儿子，要是他到校长那里告你一状，你被开除了，那可怎么办呢？”

一听到“校长”和“开除”这两个词，黎羽沫就猛地摔下筷子，那动静大得连周围在吃饭的男生女生都望了过来。可她只当没有看到，而是看着景悠，语气不太好地说道：“校规里可没有‘不许欺负校长的儿子’这一条，而且我一没打他，二没骂他，犯了哪条校规？”

如果不是因为妈妈，这样的学校她真的一刻也待不下去，多待一刻，记忆便深刻一分，就像一把尖锐的利器无时无刻不刺着她的心，提醒着她为自己犯下的错误所付出的代价。

“羽沫，你怎么能这么说呢？曾之翊毕竟是校长的儿子，他……”

黎羽沫一个字也听不下去，看也不看景悠，便匆匆地离开了食堂。

已经快7点了，天色渐渐暗了下来，学校里的灯也全部亮了起来。黎羽沫一个人坐在学校的水池边，发现自己中午扔在里面的笔记本已经无影无踪了，只剩下几片细碎的纸漂在水面上，水面映着路灯的光，透着一股宁静的感觉。

黎羽沫从水池里看到了自己的模样，突然觉得厌烦，随手捡了一颗石子就往水池扔去。

“扑通”一声，石子沉入池底。

黎羽沫突然觉得十分解气，就把这池水当成了那个让她讨厌的曾之翊，又连连捡了好几颗石子，扔的力气一次比一次大，水花也溅得到处飞。扔着扔着，她笑了起来，笑着笑着，只觉得鼻子泛酸。

“心情好了？”

听到声音，黎羽沫侧过头看去，只见楚桥逆着光朝她走过来，轻叹了一口气后，便坐在了她的身旁：“羽沫，我看了你很久。”

“是吗？”

“你今天很奇怪，撕了曾之翊的笔记本，现在又一个人坐在这里扔石头撒气，我记得你和他好像并没有什么交集，到底是什么事情让你心里不痛快，对他做出那样的事情？我是你的好哥们儿，你可以告诉我。”

说完，楚桥伸出手揽住黎羽沫的肩膀，一脸笑意地看着她，而他俊朗的面容在夜色下显得格外清晰。

听到这话，黎羽沫突然觉得很温暖。她低下头，轻声说道：“说了你也不会明白的。”

“好吧，既然你不肯说，那我也不再多问了。”楚桥揽紧了她，笑道，“再过一会儿晚自习就开始了，不如等老师点了名之后，我们出去玩吧？”

“去哪里？”黎羽沫问他。

“游戏厅啊，你心情不好的时候不是喜欢去那里玩吗？”楚桥笑道，“今天就让哥哥带你去好好玩玩，忘记那些不开心的事情。”

黎羽沫想了想，晚自习逃课出去玩的人不止她一个，而晚自习除了做作业也没有其他的事情，便点了点头。

还好她身边有楚桥。

自习课开始了，等老师点完了名之后，黎羽沫便收拾好要带的东西，又让景悠给她打掩护，偷偷地从教室的后门溜了出去。刚走出教室不远，便看见楚桥倚在墙上等她，见她来了，还冲她挑了挑眉毛，笑得十分灿烂：“走吧，晚自习结束之前回来。”

黎羽沫点了点头，跟着楚桥一起往走廊尽头走去。

因为怕其他班的代课老师发现，黎羽沫和楚桥都是尽量弯着腰跑过去的。当她跑到三年级一班教室外的走廊上时，见教室里没有老师看着，便大着胆子站起来，而这一站也让她看到了教室里的曾之翊。

曾之翊长得很出色，坐在四十几个人的教室里也能让人一眼看到。黎羽沫的脚步顿了顿，她看见曾之翊此时正低着头在整理一个笔记本。她的视力极好，一眼就看出他整理的正是被自己撕烂了扔进水池里的那个笔记本，于是冷冷一笑。

这个曾之翊真有意思啊！

正在黎羽沫出神之时，已经走到前面的楚桥回过头，见她还在原地不知道在看

些什么，又害怕会被人发现，于是折回来拉住她，低声问道："还在看什么呢？"

"没什么。"

黎羽沫回过神来，跟着楚桥继续往前走去，而她始终都望着坐在教室里整理笔记本的曾之翊，直到看不到他。

04

黎羽沫在游戏厅玩得很解气，直到晚自习快结束时才回来，也让给她打掩护的景悠吓了一跳，直到见她回教室，才松了一口气。

"怎么样，老师没说什么吧？"黎羽沫刚回座位便问景悠。

景悠摇了摇头："没有，老师什么都没问。"

是啊，对于她这种坏学生，的确没有什么好问的。

黎羽沫想着，冷冷一笑，正在这时，下课铃声响了，老师也宣布下课，她便收拾好自己的东西和景悠一起走出了学校。

黎羽沫和景悠不同路，一出校门便分开了。黎羽沫没有走多远便被楚桥追上了，楚桥一句话也没说，伸出手拿过她背上的书包背在了自己的身上，两个人慢悠悠地往回家的路上走去。

夜色美好。

黎羽沫走在前面，楚桥走在她的后面，始终隔着几步的距离，见她许久都没有开口说话，楚桥便出声问道："羽沫，还是不开心吗？"

他的声音里透着关切，在他的记忆里，他所认识的黎羽沫从来都不是这样的，她从未有过像现在这样沉重的表情，也从来没有不开心这么长的时间。每次只要她被老师斥责，不开心的时候，他带她去游戏厅玩，她就会开怀了。可是今天，她的所作所为让他觉得很奇怪，偏偏他又一点儿办法也没有。

“你别问那么多了。”黎羽沫不想回答他的问题。

“好吧。”楚桥也很无奈，只好默默地跟着她，脚步的频率和她的一样。从前他的脚步一直很轻，而今天他却刻意用力踩着，发出了细细的声音，只为吸引她的注意力。

黎羽沫微微侧过头，看着他无声地笑了笑。

她知道楚桥这么做无非是在提醒她，身边还有他的陪伴。

看见她的笑容，楚桥也安心了很多，正想和她说些什么时，却见一个少年从他们身边走过，步伐很快。他的瞳孔立刻缩了缩，不顾黎羽沫便冲上前去。

曾之翊只想着快点儿回家，丝毫没有注意到楚桥正快步朝他跑了过来。也就是在这个时候，楚桥和他擦身而过，飞快地抢走了他的书包。

还没有回过神来，曾之翊只觉得背上一空，抬头一看，见是楚桥抢了他的书包，忍不住大声喊道：“喂，你做什么？快把书包还给我！”说完，他便追了上去。

黎羽沫一直走在后面，将楚桥的所作所为看得清清楚楚，正疑惑时，却看清了被抢书包的人正是曾之翊，顿时笑了起来。

活该！

楚桥做的事真是合她的心意！

楚桥一边跑一边看追在身后的曾之翊，他到底是长腿跑得快，而且常运动，早已将曾之翊这个书呆子甩掉了。

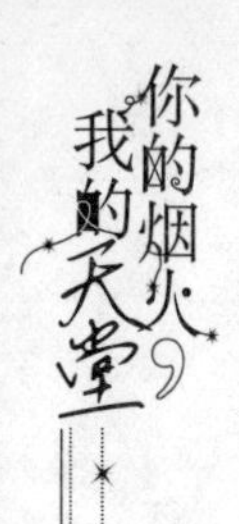

他停了下来，把曾之翊的书包拉开，拿出里面的书随意地丢在路边。丢光了之后，他又把书包挂在了一旁的路灯下，只等着曾之翊追上来。

曾之翊跑得几乎快要断气了才看到楚桥，又看到自己的书被丢得到处都是，还有被挂在路灯上的书包，一时间气得不知道说什么才好。

楚桥看着他，态度傲慢地说道："曾之翊，我告诉你，你得罪了黎羽沫，便是得罪了我。"

曾之翊大口大口地喘气，看了看楚桥，又看了看已经走过来的黎羽沫，不满地问他们："你们到底想怎么样？我不记得我哪里得罪过你们。"

"你别问我，我回答不了你。"楚桥嬉笑着说道，他向来最讨厌这些中规中矩的好学生，只觉得他们如此听话都是装出来的，除了虚伪就是做作，他看着就是不喜欢，而且今天，黎羽沫对这个曾之翊的厌恶这样明显，也让他忍不住想要对曾之翊做些什么。

黎羽沫看着满地狼藉，还有曾之翊有些狼狈的模样，冷冷一笑，只道："我不想怎么样，我就是看你不顺眼，谁让你是曾之翊，是校长的儿子呢？"

听了这样的话，曾之翊突然明白了什么似的，也不管书包和散落一地的课本，走到黎羽沫的面前，沉声说道："只因为我是曾之翊，校长的儿子？"顿了一下，他微微眯起了眼睛，望到了黎羽沫的眼底，语速不快不慢，却带着几分质问，"你是因为被我爸爸开除而怀恨在心吧？你不觉得你很不讲道理吗？明明就是你自己不守校规，再说你现在也回校了，为什么还要针对我？"

黎羽沫轻哼一声，躲开了他的目光，答道："我就是怀恨在心，就是不讲道理，你能拿我怎么样？"

只要看着曾之翊这副嘴脸，她的心底就生出一股厌恶感来，他和他的爸爸一样令人讨厌、让人恶心。在她的心里，无论怎么对曾之翊，无论怎么整他，她都没有办法解恨，曾家的所作所为根本不值得原谅。

曾之翊觉得自己无法与黎羽沫沟通，不再说些什么，也不再看她，自顾自地收拾起自己的东西来。黎羽沫也没有离开，借着昏黄的路灯看着他颀长英挺的身影，俊朗的侧脸有些朦胧，却隐隐透着不一样的光芒。有那么一瞬间，她竟然觉得自己有些不讲道理。

05 

回家后，黎羽沫因为晚归和妈妈范玲美吵架了，吵完之后她又后悔了，哭了大半晚上才迷迷糊糊地睡过去。

第二天早上，黎羽沫顶着一对黑眼圈起来了。

经过妈妈的房间时，她悄悄地打开房门看了一眼，见妈妈还在睡觉，于是轻轻地关上了门，换好鞋子便出门了。

不过6点，天还没有完全亮，昏暗的路灯穿过蒙蒙的白雾，看上去一片朦胧，似在梦中一般。黎羽沫觉得有些冷，整个脖子都缩进了衣服里，脚步也越来越快。

去学校的路说长不长，却总是能碰巧遇见熟人。

远远地，黎羽沫看到了走在她前面的曾之翊。一身校服穿在他身上，让他看起来格外挺拔高大，而他本身就长相出众，只凭着这背影也能轻易被人认出来。

他走得并不快，似乎有意迁就身旁的女生，偶尔会侧过头来看着那个女生。灯光似乎照耀在他的面颊上，让他整个人反射出一种温雅美好的光芒，有些让人移不

开视线。

越是这样看着，黎羽沫越觉得曾之翊讨厌。她垂下头看了看路旁的花坛，看到里面的小石子时，眼睛亮了亮，然后走过去随手捡了几颗，紧紧地握在了手里。她算准了时机，朝他的后脑勺扔过去一颗石子，速度又快又准。

曾之翊正和身旁的凌霜霜说着话，完全没有想到此时会有人从后面偷袭他。就在这个时候，他觉得后脑勺被什么东西击中了，猛地一痛，他忍不住闷哼了一声，紧接着便听到了有东西落在地上的"咚咚"声。

一旁的凌霜霜被这突如其来的情况吓了一跳，立刻惊叫了一声："曾之翊，你怎么了？"

曾之翊伸出手捂着自己的后脑勺，说了一句"我没事"，便又有一颗石子朝他飞了过来，不偏不倚地砸中了他的额角，也让他光洁的额角瞬间沾上了泥巴。

"这是怎么回事？"凌霜霜又是一惊，转过头朝后看去，一边转头还一边说道，"肯定是有人故意扔过来的，我看看是谁！"

黎羽沫所站的地方离他们并没有多远，见曾之翊身旁的女生转过头看向她这里，她的笑意也加深了。她正想再扔一颗石子，却见手里已经没有了，于是弯下腰在地上捡了好几颗，想也不想又朝曾之翊扔了过去。

凌霜霜眼睁睁地看着黎羽沫将手里的石子朝她和曾之翊扔了过来，一时气急了，拉住曾之翊躲开了石子，说道："曾之翊，她一定是故意的！"说完，她大步走上前，仰起头瞪着黎羽沫，"喂，你到底是什么意思？"

黎羽沫的大名学校里几乎人人都知道，特别是她被学校里的那群男生称为校花。对于一个长得比自己漂亮的女生，凌霜霜本就嫉妒，再加上她向来就讨厌这些让老师头痛的问题学生，又见黎羽沫这么公然地向她和曾之翊挑衅，一时按捺不住，毫不客气地问道："你说话啊，你到底是什么意思？"

黎羽沫对这个凌霜霜也是极不喜欢的，见她这么盛气凌人，态度也傲慢起来，同样仰着头瞪着她，勾唇笑道："对不起，我只是扔着石子玩，因为视力不太好才打到你们了，真是太不好意思了。"

"你……"

凌霜霜还想和黎羽沫继续理论，却被一旁的曾之翊拦住了："凌霜霜，别说了。"

"曾之翊！"凌霜霜指着黎羽沫说道，"你看她的样子像是不小心吗？她明明就是故意的！"

"既然她说是视力不好，那我相信她。"

曾之翊的语气很淡，却有着让凌霜霜无法再辩驳的力量。凌霜霜看着他，虽皱着眉头，但也没办法再当着他的面说下去。

算他识相！

黎羽沫瞥向曾之翊，看着他的头发上、额角上沾着泥土，只觉得十分畅快。而这时曾之翊也正望着黎羽沫，眼中并没有被她欺负之后的恼怒，竟然有些让人说不清道不明的东西，让他那张本就清俊的脸庞更加无法忽视。

莫名地，黎羽沫的心里闪过一丝异样的情绪，只觉得这样的曾之翊越看越讨厌。这样想着，藏在心底的怒气又涌了上来，她握紧了手里剩下的石子，一口气全部朝着他和凌霜霜扔了过去。

"黎羽沫！"

凌霜霜发出一声尖叫，被这情形吓得瞪大了眼睛，竟然没有想到躲开。而此时曾之翊眼疾手快地挡在了凌霜霜的身前，散落的石子有几颗砸在了他的背上，在他洁白干净的校服上留下了几个难看的泥巴印。

曾之翊松开了凌霜霜，也不管衣服上的泥巴，只是看着几步之外的黎羽沫，沉声说道：“够了，你要是看我不顺眼，可以，但不要牵连别人。”

“嗬。”

真是可笑，他以为他有资格对她说这样的话吗？

黎羽沫低下头看着手里的泥巴，然后轻轻地拍了拍，一步一步地朝曾之翊和凌霜霜走去，最后停在了离他们只隔一步的地方，冷哼了一声，说道：“如果我说‘不’呢？”

“那……我也不是那种被欺负了就不会反击的人。”曾之翊迎上了黎羽沫略微冰冷的目光，心里突然如擂鼓一般，他的呼吸也忍不住一顿。

被他这样带着几分挑衅的眼神看着，黎羽沫也微微勾起唇角，说道：“那就走着瞧好了。”说完，她从曾之翊的身边走过，让他不受控制地侧了侧身。

曾之翊的肩膀被她撞得有些疼，下意识地伸手揉了揉，但目光一直停留在那个越走越远的身影上。

站在他身旁的凌霜霜看着这一幕，忍不住咬了咬唇。

这个黎羽沫究竟想要做什么？

06 

对于黎羽沫来说，曾之翊不只是令她厌恶，更是令她憎恨的存在，只要看见他，那天在校长家所发生的一切就会不自觉地浮现在她的脑海里。那些残酷而不堪的声音便会时时刻刻回响在她的耳旁，提醒着她所受到的屈辱。

对曾之翊所做的一切报复还远远不够，无论她将他怎么样，对他做出再坏的事情，也终究弥补不了什么，也改变不了已经发生的事实。

下午，体育课。

体育老师又以锻炼他们的身体为由让他们绕着学校的大操场跑5圈。黎羽沫最受不了这样看似为他们好，实际上是在体罚的锻炼，于是趁着老师不注意，偷偷逃离了队伍，一个人往教室走去。她觉得这个时候还是待在教室里睡个安稳觉比较好。

正这样想着，黎羽沫踏上了最后一级台阶，即将转身，而这一刻，一抹颀长的身影毫无预兆地闯进了她的视线中。她顿时一愣，看清了来人。

曾之翊也没想到会在这里看到黎羽沫，正想着自己应不应该跟她打一声招呼，黎羽沫已经朝他走了过来，脚步不快不慢。就在他准备开口时，黎羽沫毫不犹豫地撞上了他的肩膀。

如预料中的那般，曾之翊没有站稳，因为她的撞击，手里捧着的一叠作业本立刻散落在地上。

黎羽沫连眼睛都没有眨一下，踩着满地的作业本继续走着。

曾之翊皱着眉头看着那些干净的作业本上留下了黎羽沫的脚印，出声叫出了她的名字："黎羽沫！"

黎羽沫停下脚步，回过头眯着眼睛望着曾之翊，淡淡地问道："怎么？有事？"

“你这是故意的。”曾之翊的眉头皱得更紧了，一双眸子漆黑如墨，他深深地望着黎羽沫，“你为什么要这样？”

他终于问她了。

黎羽沫微微一笑，连眼里也满是笑意，但这笑容是冷的，却美丽得惊人。她缓缓地走回来，不经意间又在那些散乱的作业本上狠狠地踩了几脚，说道：“曾之翊，你觉得我为什么要回答你的问题？”

“不管做什么事情，总是有原因的。”曾之翊不卑不亢地说道，“如果我不小心惹到你，那我向你说声‘对不起’，只希望你不要再这样了。”

“哪样？”黎羽沫怎么会是他一两句话就能说得罢手的人，她仰起头望着比自己高一个头的曾之翊，不自觉地捏住了自己的下巴，绕着他走了一圈，“曾之翊，我就是讨厌你这个人。”

“你……”曾之翊有些生气了，之前他都一直让着她，却不想他这样根本行不通，黎羽沫这样不讲道理，根本是一个十足的无赖，“你一个女孩子，为什么要学那些坏男生的习气？”

坏男生的习气？

黎羽沫听了这话，立刻变了脸色，她冷冷地注视着曾之翊，说道：“我学什么样的习气跟你有什么关系？曾之翊，像你这样的好学生，满嘴都是一些大道理，说出来的话也头头是道、句句在理，可做出来的又是些什么事情？你不觉得自己很虚伪做作吗？”她嘲讽地笑道，“而你曾之翊在学校的这种人里排在最前面，就更加让我讨厌了。”

“这就是你针对我的原因？”

曾之翊觉得这样的原因未免也太牵强了。

黎羽沫不说“是”，也不说“不是”，这其中的真正原因，她怎么会告诉他呢？恐怕他那个人面兽心的校长爸爸也未必会将那件事告诉他，突然，她觉得曾之翊有些可怜，竟然从来都不知道自己最亲的人的真面目，若是知道了……

黎羽沫停止了自己的想法，她是不可能告诉他这件事的。

“你知道我爸爸是校长，就不怕我将你的所作所为告诉他吗？你才回学校没几天，还想再被退学吗？”曾之翊皱着眉头说道，一贯俊朗的面容上突然多了几分英气。

想吓她？

黎羽沫轻轻地哼了一声，望着他，朗声说道：“曾之翊，你以为我不知道校规吗？校规哪条规定了我不准与你作对、不准针对你？就算你告诉你那个人面兽心的校长爸爸，又怎么样？我犯了要被退学的校规吗？”

“你……”曾之翊被她的话气得脸色铁青，语气硬了几分，“你辱骂校长，就足够让你再退学了！”

“再被开除又如何？我正好让你知道你爸爸是什么样的嘴脸。”

看着曾之翊的模样，黎羽沫也被气到了，她冷冷地望着他，哼了一声便转身走开了。

那时年纪还轻的他们，根本不知道自己的所作所为会造成什么样的后果，黎羽沫一心想着要报复曾之翊，想要从他的身上找到自己心里缺失的那一丝平衡感，却不知道这样做会一点点地让自己迷失。

07

黎羽沫从回忆中醒来的时候已经是凌晨3点，因为喝了不少酒，头隐隐作痛。她静静地想了想，便明白是楚桥把她送到家里来的，也只有在他的身边，她才能肆无忌惮地睡着。

起床去洗了个澡，黎羽沫只觉得全身一阵清爽，不过再重新回来躺在床上时便再也睡不着了，脑海里不断闪过曾之翊的身影，挥之不去。勉强躺到早上6点，她便换了一身职业套装，出门打车去了公司。

这应该是她自上班之后来公司最早的一天了，就连写字楼门口的警卫见到她，都忍不住惊讶地问道："黎小姐，今天怎么来得这么早？"

黎羽沫长得漂亮，不管走到哪里，都会给人留下深刻的印象，更何况这个年轻的警卫还曾向她间接地表达过爱慕之意，不过被她委婉地拒绝了。黎羽沫朝他点了点头，露出标准的微笑："因为事情比较多，所以提早来公司了。"说完便大步走向了电梯口。

她没有看到写字楼门口的马路边静静地停着一辆黑色的奥迪，车身上隐隐有些露水，一看就知道停了好一会儿了。

看着她的身影消失在视线里，曾之翊才慢慢地摇下了车窗。他没有想到从前不屑于回答别人话的她竟然能对旁人露出这样的笑容，这是需要多长的时间才能有的改变？

太阳渐渐升起，曾之翊看准了时间给黎羽沫的顶头上司尹经理打了个电话，直言说自己一会儿想去公司参观，尹经理二话不说就答应了。

进了公司，尹经理便迎了上来，十分殷勤地向曾之翊打招呼："没想到曾总居然这么年轻，真是年轻有为啊！"

曾之翊礼貌地一笑："尹总客气了。"

"不客气，不客气。"尹经理笑得更欢了，立即领着他去了办公室，"曾总一早打电话给我，让我挺意外的。不过，您看我们公司的设计就应该知道我们的名气不是假的，您的单子，我也是让我们公司最优秀的设计师黎羽沫小姐来做的，她应该已经和您交涉过了吧？"

"嗯。"曾之翊点了点头，"的确，黎小姐是位很出色的设计师。"

说这话时，他望向了坐在办公桌旁不知道在看什么的黎羽沫，瞳孔不自觉地缩了缩。

尹经理也顺着他的目光看了过去，夸赞道："是啊，羽沫的确很出色，她设计出来的东西被很多客户赞赏过，在业界也是小有名气的，曾总也是有眼光的人。"

这句话说到曾之翊的心里去了，他的唇边扬起了一丝笑意："不过优秀的设计师难免会有些高傲。"

"怎么？"尹经理愣住了，"黎羽沫是不是做了什么不好的事情？"

"那倒没有。"曾之翊淡淡地说道，"本想请黎小姐吃顿便饭，只是她没有赏脸罢了。"

"原来是这样啊。"尹经理松了一口气，黎羽沫长得漂亮，常有客户约她吃饭，她也是多多少少不肯赏脸，但也没有什么客户对她有任何不满，见这个曾之翊对她似乎有点儿别的意思，便道，"她一直是这样，不过我可以去说说她，中午便让她陪你一起吃顿饭，顺便聊一聊设计方面的事情。"

这个尹经理果然上道，曾之翊唇边的笑意更深了。

早在曾之翊进公司开始，黎羽沫就有一种如坐针毡的感觉，尽管她一直低着头看着文件，但也能感觉到他的目光未曾从她的身上移开。直到他随着经理进了办公室，她才松了一口气，刚想叫助理蒋小雨时，蒋小雨已经转过头来问她了：“羽沫姐，刚才那个人就是天翊广告的曾总吗？”

“嗯。”黎羽沫点了点头。

“他长得好帅啊，简直就是我心目中的完美对象。”蒋小雨一脸花痴地说道。

黎羽沫微微一笑，将一份文件交到她手上：“这是天翊广告公司的资料，客户并没有什么要求，只希望新颖简约，表现出他们公司的独特品味就可以了。先交给你画出草稿，有什么想法可以和我说。”

“好的。”蒋小雨接了过去，走了两步又回头问道，“羽沫姐，我能不能再问你一个问题？”

“问。”

“你这么漂亮，以往那些客户都不乏有喜欢上你的，你说，这个曾总年轻有为，会不会喜欢上你啊？”

喜欢吗？

也许曾经喜欢过，但是现在的他们都被社会的现实所浸染，早已不再是当初的模样，那些单纯的想法也已经埋藏在了7年前的那个盛夏。

第二话
CHAPTER
02
朝阳
YOUR
FIREWORKS,
MY HEAVEN

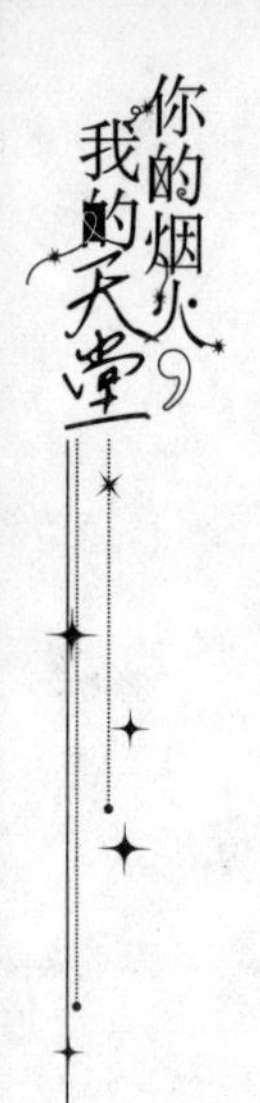

时光总是能在不经意间唤起记忆里最深的伤痛。

01

餐厅包厢里。

黎羽沫低下头吃着菜，安静得就好像不存在一般。她的身边，曾之翊和尹经理谈笑风生，几杯酒下肚，两个人似乎一见如故，只差结为异姓兄弟了。

“羽沫，你怎么不敬曾总一杯？”尹经理笑道，也不等黎羽沫回答，便给她面前的杯子倒上了一杯酒，“来来，敬一敬。”

黎羽沫目不斜视地看了看曾之翊，他喝了不少酒，脸颊有些泛红，但一点儿也没有影响到他的帅气俊朗。他正举着透明的玻璃小酒杯似笑非笑地望着黎羽沫，目光略显深邃，微微勾起的唇风情无限。若不是定力够强，她早已被曾之翊此时的模样所诱惑了。

见她半晌都没有拿起杯子，曾之翊轻轻一笑：“怎么，黎小姐不给面子？”

“哪里话。”黎羽沫端起酒杯对他说道，“希望能和曾总合作愉快。”

“当然。”曾之翊回敬着，一口将杯中的酒饮尽，十分爽快。

“好。”一旁的尹经理大叫一声，又催促黎羽沫，“羽沫，曾总都干了，你也干了吧。”

黎羽沫握着杯子，眼中没有半点儿笑意：“经理，我下午还要回去构思设计方案，喝了酒，我还怎么工作？”

“不急。”曾之翊薄唇轻启，直勾勾地盯着她，“黎小姐，设计图可以慢慢画，太急了反而得不到好的结果。我们公司只要求质量，不求速度。”

“就是，就是。”尹经理也附和道，“羽沫，你就不要再推辞了，这样反而显得你不够诚意。若是醉了，下午就放你的假，有事情就交给蒋小雨去办。”

都这样说了，她还有什么理由不喝呢？

黎羽沫仰头将杯中的酒一口喝光。

“好酒量。”低沉的声音响起的同时，刚喝空的酒杯又被曾之翊倒上了酒，见黎羽沫瞥向他，他也没有半分犹豫，“很少看到像黎小姐这样好酒量的女人，算起来，我和你还是旧识，只是多年不曾见过面了，难免有些陌生感。”

是啊，多年不见，她倒不知道他变了这么多，当年那么单纯的模样，仿佛在岁月的面前消失了。

听到这话的尹经理惊讶地问道：“曾总和羽沫以前就认识？”

曾之翊微笑着没有回答，这副样子也等于是默认了。

“难怪，难怪啊……”尹经理笑得更加灿烂了，“既然以前就认识，那现在就更应该好好地喝几杯了。羽沫，你也不早说你和曾总原来是认识的。”

黎羽沫的脸色变了变，低下头谁也没看，如果可以，她真希望自己和他从来都不认识。

“黎小姐，我记得你以前可不是这样的。”曾之翊淡淡一笑，“那时我们在同一所学校，你当时可是闻名全校的女生，连我都好几次栽在你手里。现在想想，那

个时候的我们……”

黎羽沫“唰”的一下从座位上站起来，也打断了曾之翊的话，面无表情地说了一句“对不起，我去一下洗手间”，然后逃一般地跑了出去。

包厢里的气氛一下子变了，尹经理一看情况不对，于是赔笑着给曾之翊倒酒：“曾总，您别介意，女人嘛，就是麻烦一点儿，但羽沫还是一个很不错的女人的。”

曾之翊笑而不语，缓缓地端起酒杯喝酒，眼睛无声无息地眯了起来。

她变了好多，完全不像从前了。

不过，他有时间。

洗手间里，黎羽沫低着头，一次又一次地用凉水洗着脸，直到灼热的感觉渐渐消失，才抬起头来望着镜子中的自己。妆已经洗掉了，一张精致的脸依然完美，只是那双眼睛仿佛历经了沧桑，变得不再明亮。

手机在这一刻不合时宜地响起。

黎羽沫回过神来掏出手机，见是楚桥打过来的，立刻接起：“喂，楚桥。”

“羽沫，你在哪里？我来你公司找你一起吃午饭，你助理跟我说你出去了。”楚桥的声音里透着几分紧张。

“我和总经理在外面陪客户吃饭，很快就回来。”

“哦，那就好。”楚桥放下心来，又道，“对了，少喝点儿酒，能不喝就不要喝。”

“嗯，我知道。”黎羽沫点了点头。

“就这样，我先挂了。”

挂了电话，黎羽沫深吸了一口气，简单地补了补妆，才离开洗手间。

包厢里，曾之翊和尹经理已经喝得差不多了，两个人在互相抢着要埋单。而曾之翊一见黎羽沫回来，二话不说就将信用卡往她手中一塞，说道："麻烦黎小姐去埋单。"

黎羽沫愣住了，看了看尹经理，见他并没有说什么，便转身走了出去。

在服务台结了账，再一转身，便看到曾之翊和尹经理走了出来。尹经理不知道和曾之翊说了什么，之后就离开了，临走前还给了黎羽沫一个异样的笑容，黎羽沫假装没有看到。

"多年不见，却不知道你的酒量这么好。"曾之翊走到黎羽沫的身边，俊朗的面容上带着浅笑，没有半分醉意。

"你不也一样吗？"黎羽沫淡淡地反问道，将信用卡递到曾之翊的手中，"曾总，需不需要我帮忙叫人送你回去？"

曾之翊摇了摇头，声音突然变得轻柔："黎小姐，我只需要你陪我走一走，散散酒气。"

02 

已至初夏，天气有些炎热，才走了没多远，黎羽沫的额头上已经冒出了细细的汗珠。一旁的曾之翊将西装外套脱了下来，还松了松领口，颀长的身材足足比她高了一个头。

迎面吹来的风带着几分凉爽，曾之翊轻轻地呼出一口气，侧过头看了看她，淡淡一笑："黎羽沫，我从来都没有想过我们还能再见面。"

“我也没有想过。”

黎羽沫不看他，却突然觉得眼前所能看到的一切变得迷蒙起来，仿佛回到了青葱时代，他们也是这样肩并肩在路边散步。

“这些年你在哪里？过得好吗？”

“很好。”

“我记得你以前就会画画，不过没想到你会选择与画画有关的职业。”曾之翊吐字清晰，只是气息中带着淡淡的酒香，一点一点地渗进了空气里。那一幅由她亲笔所绘、被他偷偷捡到的素描画像，他还一直保留着，只是她从来都不知道。

黎羽沫淡淡一笑，语气中带着几分嘲讽：“是吗？曾总记性真好。”

听出了她语气里的疏离，曾之翊怔怔地看了她半晌，转移了话题：“黎羽沫，你还没有回答我，这些年你在哪里？”

“我在哪里好像和曾总没有什么关系吧。”黎羽沫侧过头与他对视，笑容美好，却尽是凉意。

“高考之后，我去了B城读大学，两年后作为交换生去美国待了两年，然后在那边工作，直到近期才回来帮朋友接管公司。”曾之翊的语气淡淡的，唇边含笑，俊朗的面容在阳光的照耀下多了几分光彩。

对于他的自说自话，黎羽沫心中不由得生出一股烦闷来，眉头微微皱起，说道：“我和曾总好像只是合作的关系，你应该没有必要对我说这么多吧？”

“我觉得很有必要，合作的双方互相了解，不是更能促进友好关系吗？”曾之翊继续说道，“你可以不要‘曾总曾总’地叫我吗？能不能像以前一样，只叫我‘曾之翊’？”

“曾总。”黎羽沫面不改色，十分执拗。

终于有一点和以前一样了，便是这一份执拗，她决定了的事情从来都不会更改。

“好，随你。”曾之翊只好作罢，又笑道，“黎羽沫，你有没有男朋友？”

黎羽沫微微一愣，不解地看了他一眼，而后笑了笑，问道：“怎么，曾总对我感兴趣？”

“不可以吗？”

“不是。”黎羽沫继续笑，但后面的话让曾之翊吃了一惊，久久回不过神来，“可是我已经有男朋友了，他是楚一集团的总经理。”

说完，她在心里默默地对楚桥说了一声对不起，这几年来，楚桥一直都是她的挡箭牌。

楚一集团在商界的名头那是十分响亮的，而总经理楚桥更是市里排名前十的钻石单身男，又是出了名的帅气英俊，圈里不少名媛都对他另眼相看，只可惜至今他都没有传出已有女朋友的消息。曾之翊刚回来，应该不清楚这一点。也正是因为这样，她才敢肆无忌惮地说出来。

半晌之后，曾之翊才淡淡一笑，问道：“楚桥吗？”

黎羽沫看着他，没有说话。

曾之翊转过头凝视着她，收住了唇边的笑意，说道：“他的确很不错，我也没有想到他居然会是楚一集团董事长的儿子。”

当初黎羽沫也没有想到，她只知道楚桥是一个有钱老板的私生子，直到后来发生了那样的事情之后，她才真正了解了他的身份，而他也从此成为了她的避风港，

帮她挡住了所有风雨。

没有他，她也走不到现在。

两个人的话题似乎因为楚桥而终止了。

黎羽沫停下脚步，说道："曾总，你的酒味已经散得差不多了，剩下的路，就请你自己走回去吧，我还有很多工作要处理，先走一步。"

"剩下的路吗？"曾之翊喃喃自语，"当然是我们一起走。"

不过，黎羽沫没有听见他的话，她已经伸手拦下了一辆出租车，钻进了车里。

车子缓缓行驶，然后渐渐加快了速度，不过几秒钟的时间，就在曾之翊的视线里变成了一个小黑点，再也看不见。

车上的黎羽沫又开始了她的回忆。

似乎从曾之翊再次出现的那一刻起，那些被黎羽沫刻意封存的回忆就开始不安分地跳动起来。

03 

黎羽沫因为曾之翊和凌霜霜结下了梁子。

很快，凌霜霜对她的报复就来了。

周五这天，晚上不需要上自习，而楚桥也有事先回去了，黎羽沫和景悠告别后便一个人回家。可是她刚走到教学楼外，凌霜霜就带着几个女生拦住了她的去路。

她看着她们几个人冷冷地笑了笑，说道："凌霜霜，有事吗？"

"你觉得呢？"凌霜霜挑了挑眉毛，几个女生抓住了黎羽沫，拉着她就往学校的角落里走去。

黎羽沫的力气再大也挣脱不了几个人的按压，只好乖乖地跟着她们走，而她也正好看看这几个女生想对她做什么。

不过一会儿工夫，几个女生便将她带到了位于学校后门外的垃圾场，还没来得及反应，几个女生就将她往垃圾堆推了过去。

黎羽沫大惊，即使动作再快，可身体因为没站稳而倒在了一旁的垃圾堆里。

凌霜霜见黎羽沫摔得十分狼狈，立刻哈哈大笑起来，几个女生也跟着笑起来，那样子就像在看一个小丑一般。

黎羽沫从垃圾堆里站起来，拍了拍身上的泥土，轻轻一笑，一张美丽的面孔瞬间倾城："你们就用这么一点儿小伎俩来对付我吗？"说着，她的目光落在了面带傲慢之色的凌霜霜身上，"曾之翊都没有对我怎么样，你凭什么这样做？凌霜霜，你生怕别人不知道你喜欢他吗？"

"你……"凌霜霜虽然喜欢曾之翊，但也从来没有向他说明过，现在黎羽沫这么毫无顾忌地说出了她的心事，她也有些恼怒起来，"你这几天对他的所作所为我都看在眼里，曾之翊是不想欺负你一个女生，我可不一样！"

"你和他当然不一样。"黎羽沫勾唇笑着，活动了一下双手，说道，"我对付曾之翊还需要看看校规，但是我对付你，可不会像对付曾之翊那样。"

"你以为我会怕你吗？"凌霜霜对着黎羽沫"呸"了一声，还算漂亮清秀的面容也变得有几分狰狞，"你以为你是谁，不过是个老师不喜、同学不爱的问题学生，你凭什么站在曾之翊的身边吸引他的注意？像他那样优秀出色的人，是不可能会喜欢上你的，你别自作多情了！"

黎羽沫像听到了世界上最好笑的笑话一般大笑起来，漂亮的面容也更加夺目

美丽了，她望着凌霜霜，笑得上气不接下气："我自作多情？曾之翊出色？喜欢上我？凌霜霜，你在开什么玩笑？你以为我对他做了那么多的事情，就是为了吸引他的注意，是因为我喜欢他？你喜欢曾之翊，可并不代表全世界的人都喜欢他！你瞎，我可不瞎！"

"难道不是吗？"凌霜霜怒瞪着她。

"真是幼稚！"黎羽沫的目光渐渐变得凌厉起来，声音也透着冰冷的气息，"我告诉你，凌霜霜，就算整个学校的女生都喜欢曾之翊，我也不会喜欢他的。"

"你以为你说这样的话，我就会放过你吗？"凌霜霜一点儿也不相信她说的话。黎羽沫太漂亮，而男生向来喜欢漂亮的女生，她知道，即使黎羽沫是学校的问题学生，因为她的长相，喜欢她的男生还是大有人在。凌霜霜也害怕曾之翊会被她漂亮的外表所迷惑，就算他现在还不喜欢黎羽沫，但难保以后不会喜欢上她。

"随便你信不信。"黎羽沫不想再理她们，转身准备离开，可是跟着凌霜霜的那几个女生再次拦住了她的去路，她回头望向凌霜霜，皱了皱眉头，"凌霜霜，我都不跟你计较了，你还想怎么样？"

"不管你说的是真是假，就算你不喜欢曾之翊、不想吸引他，你也做了那些欺负他的事情，我不会让你这么好过的。"说完，凌霜霜搬起摆在垃圾场旁的垃圾筒，朝黎羽沫大步走来，而那几个女生也再次抓住了黎羽沫。

黎羽沫看着凌霜霜向她走来，不用想都知道凌霜霜是想把那些垃圾都倒在她身上，自己怎么能让她得逞呢？黎羽沫想也没想，朝右边那个抓着她的女生狠狠地踢了一脚，然后又狠狠地朝左边的女生踢去。

女生们"啊"地惨叫了几声，立刻松开了她，而黎羽沫也顺势用尽全力将另外几个女生往凌霜霜的身边推去。

凌霜霜完全没想到黎羽沫会这么做，来不及闪开，被那几个女生撞到，而她手中垃圾筒里的垃圾也毫无预兆地全部掉落在那几个女生身上，瞬间弄得她们身上全是垃圾。

黎羽沫站在一旁拍了拍手，凌霜霜这么做真是自作自受，她得意地望着摔在地上满身都是垃圾的凌霜霜，笑道："跟我斗，你还嫩着！你以为我会任由你们欺负吗？"

"黎羽沫，我不会放过你的！"

"呃，是吗？"黎羽沫收住了笑意，淡淡地看着凌霜霜，"你还是先把你身上的垃圾清理干净吧，晚上回去后记得洗个澡，若是明天来学校，曾之翊闻到你身上的垃圾味道，还不知道会怎么讨厌你呢！"

说完，她"呵呵"地笑了几声，转过身扬长而去。

04 

想要喜欢一个人，可能需要很长一段时间，可若是想要恨一个人，只需要短短的一瞬。

对于黎羽沫来说，报复校长曾博源的儿子曾之翊，是她留在这所学校唯一要做的事情。

走出了校门，她低着头往回家的路上走去，沿途望着街道两旁的树木。走着走着，天色暗了下来，路灯亮了，她看着自己映在地上的暗影，便起了好玩的心思，想踩到自己的影子，脚步也因此越来越快。

似乎冥冥之中有什么东西牵引着，走了没多久，黎羽沫无意识地抬起了头，只一眼，便看到了前方不远处的一个身影。

路灯下，那个身影很挺拔，暗黄色的光芒将他的身体笼罩住，在地上留下了淡淡的暗影，少年的轮廓在这样淡淡的光芒下格外抢眼。黎羽沫眯了眯眼，看清站在那里的人正是曾之翊。

莫名地，黎羽沫的心像被什么东西抓住了一样，感觉十分怪异。但很快她就恢复过来，朝曾之翊大步走了过去，趁着他不注意，用力地拍了拍他的肩膀。

曾之翊似乎被吓了一跳，他侧过头，看见是黎羽沫，想到她之前对他做的事情，忍不住后退了一步："黎羽沫，你做什么？"

"吓你啊！"黎羽沫看着他被吓到的模样，忍不住笑了起来，在夜色下犹如一朵魅惑的罂粟花，让人沉迷。

曾之翊看得有些呆了，又想到自己现在要做的事情，便收回了目光，说道："如果你想整我，换一个时间吧，我现在有很重要的事情。"

"重要的事情？"黎羽沫皱起了眉头，只是看着他站在这里，并没有做什么事情啊，或者他在这里等什么人？难道是女朋友？

想了想，她便问道："在等你的女朋友吗？"

"你胡说什么？"曾之翊有些急了，扬了扬握在手里的黑色长款钱包，"我在这里捡到了这个钱包，发现里面有很多钱，我想一定是失主不小心掉在这里的，我想等他回来。"

听了这话，黎羽沫怔了一下，看着曾之翊认真的模样，突然觉得好笑，他这是拾金不昧吗？就凭他？

想了想，她大声笑起来，伸出手指着他说道："你是在开玩笑吗？"

"我没有开玩笑！"曾之翊正色道，"我说的都是真的。"

黎羽沫继续笑着，然后绕着曾之翊走了一圈，眼神中尽是轻蔑："曾之翊，我应该说你善良，还是应该说你天真？这年头捡了钱包的，谁还会像你一样站在原地等失主回来？"

"我不管别人，我只知道做人要有良心，要有正义感。"曾之翊面不改色地说道，眼中仿佛也有着坚定的光芒。

这一瞬间，黎羽沫愣住了，回过神后别过脸躲开了他的目光。要有良心，要有正义感，这是那个做出禽兽不如的事情的曾博源教出来的儿子吗？或者他根本就是一个虚伪的人，若是今天等不到那个失主，他应该不会再等了，会把这些钱收起来吧。

说这样的话，他不觉得可笑吗？

她可是一点儿也不相信他。

黎羽沫低下头看着他手里的钱包，脑海里突然闪过一个想法。她勾唇一笑，抬起头望着曾之翊，说道："曾之翊，这钱包肯定掉了有一段时间，如果失主一直不来，你是不是准备一直在这里等？"

"当然，我要等到失主来认领他的钱包。"曾之翊坚定地说道。

"你有这么多时间等吗？你在这里等，你家里人不会担心吗？还有，你不是很爱学习，很珍惜时间吗？花这么多时间在这里等，你在家里得看多少书、做多少题？"黎羽沫浅浅一笑，"曾之翊，你算过没有？这样划算吗？"

曾之翊看着黎羽沫，眉头皱了起来："你说得有道理，可是……"

黎羽沫知道他在担心什么，于是说道：“我记得这附近有一家派出所，我们可以把这个钱包拿过去备案，让警察去找失主。我想这里面肯定有身份证什么的，交给他们也更方便、更快捷一点儿，总好过你在这里傻等着吧？”

曾之翊没有想到黎羽沫会有这样的看法，一时间也觉得她说得对，没有多想什么，便点了点头：“黎羽沫，你说得没错，就按你说的办。”说完，他便转身离去，见她没有跟上来，于是停下脚步回头问她，“你不去吗？”

黎羽沫等的就是他这句话，她笑得眼睛都眯了起来，跟上了他的脚步：“我反正没事，跟你一起去好了，也好看看那些警察是怎么办案的。”

“好。”曾之翊点了点头，近距离地看着黎羽沫，只觉得她笑起来的时候眼睛异常明亮，就像一汪清澈的泉水，仿佛一不小心就会被深深地吸引住。他一直看着她，开始觉得她并不像传言中的那么坏了。

意识到他一直在看着自己，黎羽沫侧过头望向他：“曾之翊！”

曾之翊被她吓住了，生怕她发现自己一直在看着她，于是飞快地转过头，有些慌乱地问道：“怎么了？”

“把这个钱包给我拿着吧。”

“为什么？”曾之翊问道。

“我看看里面有些什么东西，到了警局好帮你做证啊！”黎羽沫笑得很无害，而她自己也知道，一般的男生看到她这样的笑容一定不会拒绝的。

曾之翊低下头看了看钱包，没有说话。

见他不回答，黎羽沫又说道：“你不会以为我想把这些东西据为己有吧？别想多了，虽然我家没有你家有钱，但是像这样的不义之财，我也是不屑一顾的。”

听了这话，曾之翊侧过头看了黎羽沫一眼，便把钱包给了她，当下更加觉得她其实并不坏，也还算个好女孩。而这时的他没有注意到黎羽沫将钱包握在手里后，唇边浮现出一丝不易察觉的笑意。

05

“事情是这样的，我放学回家，在路上发现了这个人抢了一个女人的钱包，我就一直追着他，最后把他抓住将他带到了这里。”一走进派出所，黎羽沫就率先冲到了一个值班警察的面前，一边说着一边把钱包交给了他。

警察接过钱包，半信半疑地问道：“你说的都是真的？”

“对。”黎羽沫点了点头，十分坚定地说道。

原来她想说的、想做的就是这样的事情。

曾之翊从刚进来被她抢了话语权之后便一言不发，但他也看得出来，警察并不是很相信她说的话。看着黎羽沫眉飞色舞的样子，他轻轻地笑了笑。她抓住了机会就必然要整他一番，那么他就看看她怎么来编这个故事。

“那个被抢了钱包的女人为什么没追过来？”警察皱着眉头问道。

“这个……”黎羽沫也皱了皱眉头，想了一会儿，答道，“因为她追不上我们。”

警察的眉头皱得更紧了，他转过头看着一直没有说话的曾之翊，说道：“我觉得以你一个女生的能力，是没有办法抓住一个比你高大的男生的，而且你们的穿着看起来应该是中学生，还是一个学校的。”

“有什么不可能的！”黎羽沫有些急了，向警察解释道，“谁规定了女生就抓

不住比自己高大的男生？”

“这……”警察迟疑了。

曾之翊默默地看着黎羽沫，唇边的笑意越来越浓了，面容也更加俊朗起来。

警察觉得没有办法和黎羽沫沟通，转而问曾之翊：“这位男同学，我来问你，你是不是像这位女同学说的那样抢了别人的钱包，然后在逃跑的时候被这位女同学抓住了，最后被带到这里来的？”

曾之翊先是看了黎羽沫一眼，然后才诚恳地答道：“不是这样的。”

“那是怎样的？”

“这个钱包是我在路上捡到的，因为一直没有等到失主，所以决定送到派出所来备案，希望能够找到失主。”说着，曾之翊的目光又看似无意地投向了黎羽沫。

审问他们的警察也注意到了他的举动，眉头皱得更紧了。

“你们俩各执一词，我不知道应该相信谁说的。”说完，警察看向黎羽沫，“不如这样吧，女同学，你告诉我你是在哪里看到他抢劫的，这一带都装了摄像头，我去看看，看是不是这么回事。”

“啊？”黎羽沫瞬间愣住了，她忘记了还有摄像头这种东西，有些慌神了，这一调出来看，不就确定了她说的全是假话吗？

“怎么了？”警察问道。

黎羽沫摇了摇头：“没事，没事……我……”

“抢劫这件事一点儿也不简单，为了防止出错，我们必须要调监控出来看看。”警察义正词严地说道，“而这段时间，你们要暂时留在这里。”

留在这里？

黎羽沫根本没有想这么多，只是想借着这个机会整一下曾之翊，却没有想到这件事情会这么复杂，一时间低下头不知道说什么好。

曾之翊将她的表情全部收入眼底，无声地笑了笑，又对警察说道："你不要相信她刚才跟你说的，这个钱包的确是我捡到的，你可以调看周围的监控，至于她嘛……"顿了顿，曾之翊的脸上浮现出温柔的笑容，"小沫，你就不要再开玩笑了，我不过是和隔壁班的女生说了几句话，你就用这种方式来整我。现在事情都闹到这个地步了，你就不要生气了，好不好？"

他的声音很温柔，就像迎面拂来的春风一般。黎羽沫怔怔地看着他，竟然想不到话来反驳。她咬了咬下嘴唇，默不作声。

听到曾之翊的话，又注意到黎羽沫的表情，警察明白了，原来他们两个人是正在闹别扭的小情侣，女生想要给男生一点儿颜色看看，所以会这么做，他对曾之翊所说的话深信不疑。

留下曾之翊做了笔录后，警察便让他们两个人一起离开了。

黎羽沫走出派出所时，一时生气，冲着曾之翊就是一脚，睁大漂亮的眼睛瞪着他，盛怒之下的她看起来十分漂亮。

曾之翊并没有因为刚才她想要整他而生气，而是叹了一口气，忍着小腿上的疼痛，沉声说道："黎羽沫，你想整我也不要用这样的方法，进了派出所，你就需要对自己说出的话负责。"

黎羽沫没有理他，飞快地往前走去。

"黎羽沫，等一等。"曾之翊追了上去，"我刚才说那样的话是为了帮你，你以为凭着你几句话，就能让他们拘留我吗？你未免也太笨了吧？"

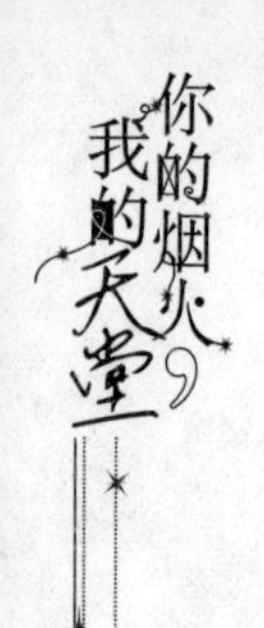

笨？

听到这个字，黎羽沫蓦地停下了脚步，冷冷地看着曾之翊，她的声音在寂静的夜里显得异常清晰："曾之翊，把你刚才的话再说一遍。"

曾之翊失声一笑，说道："我说别的话你都不停下，我一说你笨，你马上就不走了。"

黎羽沫的眼睛微微眯起，透出了危险的光芒。

"下次如果想整我，想一个高明一点儿的办法好吗？最好别让我有翻身的机会。"曾之翊依然在笑，面容被灯光笼罩住，俊美得就像一座雕像一般。

一种异样的感觉从黎羽沫的心底蔓延开来，她望着他，一时间竟然不知道要说些什么。

"下次你一定没有这么好的运气了。"说完，黎羽沫不再看他，转过身扬长而去。

曾之翊也没有再追她，看着她飞快地往前走，忍不住冲着她的背影大声问了一句："黎羽沫，你是不是喜欢我啊？"

喜欢他？

开什么玩笑？

黎羽沫停下脚步，回过头望着十几步之外的曾之翊，突然笑了起来："对，我是喜欢你。"

她逆着光，让曾之翊看不清她脸上的表情，她的声音却顺着风飘到了他的耳中，听起来就像世间最美好的语言一般，他的心蓦地跳了一下。

但紧接着，黎羽沫又对他说了一句："曾之翊，我喜欢到巴不得你去死！"

06

“小姐，已经到了。”

因为出租车司机的一句话，回忆戛然而止。黎羽沫苦笑了一下，揉了揉因为回忆往事而胀痛的太阳穴后，付钱下了车。

黎羽沫走进公司，被行了一路的注目礼，刚坐在椅子上，蒋小雨就凑了过来，谄媚地笑道：“尹经理早就回来了，羽沫姐，你怎么现在才回来？”

“怎么，我的事情你也要管？”黎羽沫只觉得无奈。

“呃……”蒋小雨吐了吐舌头，“我觉得你最近在走桃花运。”

“什么桃花运？”

“那个广告公司的曾总啊，还有……”蒋小雨又凑近了一些，“中午有一个长得和曾总不分上下的帅哥来公司找你，我看着十分眼熟，在网上一查，发现他居然是楚一集团的楚桥……”

“所以呢？”黎羽沫挑了挑眉毛。

“这不是两朵妖娆的大桃花吗？”蒋小雨又好奇地问道，“羽沫姐，能够透露一下你是怎么和楚总认识的吗？莫非……他是你的神秘男朋友？”

黎羽沫的脸色一沉，想也没想就把一叠文件扔给了蒋小雨，低声说道：“这么有闲心八卦，那说明我交给你的事情都做完了，把你画的图拿来给我看看，另外把这些资料整理一下，我要用的。”

“啊……”蒋小雨张大了嘴巴，又见黎羽沫一道冷冷的目光扫了过来，立刻缩了缩脖子，跑回办公桌去忙碌了。

“蒋小雨，基础图。”

话音一落，蒋小雨立刻搬着画板过来了，像个认错的孩子一般低着头说道：“羽沫姐，我只画了整体，还没有想到怎么……”

“先去做我交给你的事情。”

蒋小雨又一溜烟地跑开了。

黎羽沫看着空白的画纸，脑海里浮现出那人淡定从容、含着笑容的模样，想要心平气和地去为他画公司装修设计图，竟然变得有些困难了。

在办公桌前静静地坐了一个多小时，却半分构思都没有，黎羽沫收拾好东西，交代了几句便离开了公司。

自从他出现在她身边，她的心就再也静不下来了。她一直以为自己可以的，即使重新回到这里，也可以坦然面对。7年已过，她也的确做得很好，可是他一出现，就好像将这一切搅乱了。见面，合作，吃饭，怎么觉得这些好像是早就预谋好的？

她迷惘地走在大街上，觉得整个世界空无一物，这种许久都没有过的感觉一点一点地袭向她的心脏，没有痛，却让她无法再平静地呼吸。

黎羽沫站在路口拦下出租车，一个小时之后便到了市郊外的墓地，下了车却发现自己将钱包落在了公司没有带出来。司机见她没钱付车费，一下子变了脸色。向司机说明了她的身份，又给了他名片让他去公司找蒋小雨，可那司机死活也不肯。无奈之下，她只好给楚桥打了一个电话，要他过来帮她结账。

楚桥接到黎羽沫的电话时正在开会，他想也没想就从会议室走了出来，把一切事情都扔给了秘书，然后开车离开了公司。

半个小时后，楚桥才来，付了车费之后，却见黎羽沫已经往墓园走去了。他追了上去，看到的是她苍白的脸，心中立刻生出一丝不忍与担忧，问道："你怎么了，羽沫？"

"我没事。"黎羽沫回以一笑，"不要担心，你回公司去吧，我想一个人待一会儿。"

"你现在这个样子，让我怎么放心你一个人？"楚桥的话不容拒绝，"我在这里陪你。"

"好吧。"黎羽沫不再坚持。

两个人一起走到了黎羽沫爸妈共同的墓地。7年前是因为楚桥的关系，才能让爸妈合葬在这块风水宝地，但黎羽沫来的次数少到用一只手都能数过来，更别说是和楚桥一起来了。

黎羽沫站在墓碑前什么也没说，静得就像一块石头。一旁的楚桥看着她，心里一痛，忍不住开口道："羽沫，你这两天很反常。"顿了顿，又说道，"你不说我也知道是因为曾之翊。"

黎羽沫默默地闭上了眼睛。

"不过短短两天的时间，却抵不过7年的漫长时光。"楚桥重重地叹了一口气，"他一出现，就让你变得不像自己了吗？"

"我没有。"

黎羽沫矢口否认，她没有不像自己，只是还没有回过神来。

"是吗？"楚桥轻轻一笑，"别骗自己了，也别骗我，你根本就没有忘记过他。"

“别说了。”黎羽沫的声音有些颤抖，“那都是过去的事情了，离开了这么久，突然又看到他，任谁都会有感触的。”

她想她会平静下来的。

这根本不是什么大不了的事情，时间已逝，不可逆转，难道他们之间还能再发生什么事情吗？

早在7年前，所有的一切都已经结束了。

第三话
03
CHAPTER
印象
YOUR
FIREWORKS,
MY HEAVEN

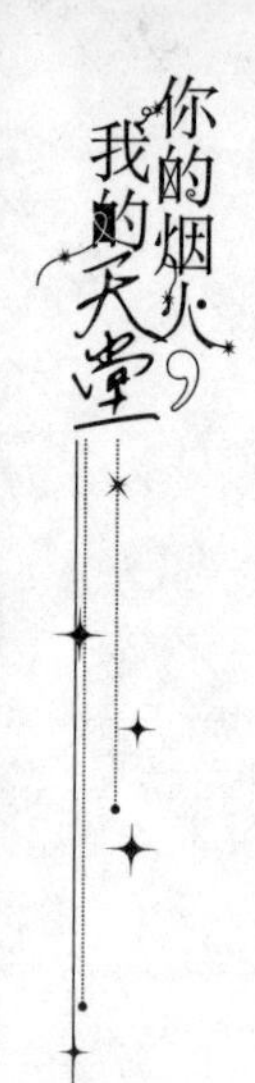

不是所有的痛都能被爱化解，不是所有的感情都能成为喜欢。

01

当天晚上，几年来从来都没有生过病的黎羽沫突然发起了高烧，她睡得迷迷糊糊的，梦里不断闪过那些年轻张扬的脸，画面清晰得就好像在眼前重现。

她看到了17岁的自己站在雨中，对面是一张模糊不清的脸，但是突然之间，那张脸渐渐变成了曾之翊，面目狰狞，他的嘴里还不停地念着："都是你，都是你……"

黎羽沫吓得坐了起来，迷迷糊糊地睁开了眼睛，摸了摸额头，依然烫得像火烧一般。她只好下床吃药，一不小心撞上了厨房的桌子角，她疼得喊了一声，脸色又白了几分。她揉了揉大腿被撞到的地方，走到客厅的沙发上坐下，掀开睡衣一看，大腿出现了一块瘀青。

真是祸不单行啊！

先是出门把钱包忘在了公司，再是莫明地发高烧，现在就连吃个药也不小心被桌角撞伤，黎羽沫觉得自己从来没有像现在这么倒霉过。

静静地坐了许久，黎羽沫才昏昏沉沉地倒在了沙发上。

一觉醒来，天已经亮了，见自己的高烧依旧没有退下来的趋势，她只好拿出手机给蒋小雨打电话，让她帮忙请假。

蒋小雨一听说黎羽沫病了，连忙说工作的事情一切有她，让黎羽沫好好休息，感冒好了再回来上班。

黎羽沫只好连连点头。

挂了电话，黎羽沫洗了一个热水澡，换上一身干净舒适的衣服，出门去小区的超市里买了一堆食材回来煮粥。自回来之后，虽说楚桥一直都在照顾她，但她还是有自己的坚持，能不麻烦他就尽量不找他。

洗米，洗菜，洗锅，然后开始用小火慢慢煮，这个时候也不用再盯着了，黎羽沫回到客厅，打开电视看新闻。

不料这个时候门铃响了起来。

黎羽沫愣了好一会儿，怀疑自己是不是听错了，楚桥这个时候应该在上班，不可能会来啊。

“叮咚”一声，门铃又响了。

黎羽沫起身去开门，也没有从猫眼里去看是谁。可门一开，她就看到一张这两天频繁出现的面孔，大脑有了一秒钟的短路，她毫不犹豫地将门关上了。

站在门外的曾之翊被关门的声音震得呼吸一顿，但他很快便回过神来，继续按着门铃。

黎羽沫靠在门边，原本苍白失色的面容又白了好几分，心跳也瞬间变得紊乱起来，他怎么会知道她住在这里？

门铃的声音尖锐刺耳，而门外的人仿佛有着她不开门就不离开的意思。黎羽沫缓缓走回沙发坐下，双手捂住耳朵，只当没有听到。

不知道过了多久，门铃不再响了，黎羽沫以为曾之翊离开了，暗自松了一口气，也没有再去通过门上的猫眼查证，而是转身走进了厨房，看粥煮好了没有。

十几分钟之后，门铃又突兀地响了起来。

难道又是曾之翊？

黎羽沫狐疑地从猫眼里看去，见是小区里的保安人员，没多想便开了门。

“黎小姐，你这样是不对的。”

黎羽沫的眉头蓦地皱紧，本来就因为发烧有些眩晕的头更加晕了，她有些疑惑地问道：“什么？”

“即使和男朋友吵架了，也不能把他关在外面不让进来啊。有误会的话，两个人当面解释清楚不就可以了？你一直关着门，他就会一直按门铃，这样会影响到小区的其他住户。”保安继续微笑着进行说教。

男朋友？

她哪里来的男朋友？

“麻烦你了，既然她开门了，剩下的事情我自己来处理吧。”这时，站在保安身后的曾之翊走了出来，稳重得体，笑容温柔。

“好的，不用谢，希望你们早日和好。”保安朝曾之翊微微一笑，转身离开了。

曾之翊没等黎羽沫反应过来，就快步走进了她家，回过头看她还呆呆地站在门口，便轻轻地抓住她的手腕，关上门，拉着她一起走向客厅的沙发。

“你……”

“我来看看。”曾之翊完全不给她说话的机会，又伸手摸了摸她的额头，“有点儿烫，跟我去医院看看吧，打个点滴也能好得快一点儿。”

黎羽沫静静地望着他，眼中透出淡淡的疏离：“曾总，擅闯民宅是触犯法律的。”

“不愿意去也行，我叫医生上门来。”说着，曾之翊掏出了手机打电话，丝毫不理会黎羽沫所说的话。

黎羽沫哪里会让他有这样的机会，没等他的电话拨通，她便飞快地将手机夺了过来，忍着头痛瞪着他，说道：“我这里不欢迎你，你离开好吗？”

曾之翊微微一笑：“我已经知道你住在这里了，就算现在赶我走，也还会有下一次。再说了，我是因为担心你才来的。”他又从衣服口袋里掏出了另一部手机，在她的注视下打了电话，“你准备一下，我有朋友感冒了，还有些发烧，你过来帮她打一下点滴。地址的话，我发短信给你。”

挂了电话后，他看着黎羽沫，柔声说道：“你的脸色很不好，去躺着休息吧，剩下的事情都交给我。”

“曾总，我不喜欢不请自来的客人，麻烦你离开好吗？”黎羽沫深深地吸了一口气，“我的事情不劳你操心。”

曾之翊脸色不改，笑容更加温和了：“黎羽沫，你现在可是在为我工作，生病太久，影响到工作进度的话，我会得不偿失的。”

“你放心，工作的事情我会做好的。”黎羽沫走到门口打开了门，做了一个“请”的手势。

“真的要我走？”曾之翊缓缓走向她，就当她以为他要离开时，他却“啪”的一声把门关上，逼近黎羽沫，耍赖般冲她笑道，“我偏不走。”

灼热的气息拂在脸颊上，黎羽沫不习惯地别过脸，冷声说道：“需要我报警吗？”

“你会吗？”曾之翊也不管她会不会反对，将她打横抱起来，紧紧地搂在怀里，轻声说道，“就算你会，我也不会给你这个机会的。”

“你……”黎羽沫气得脸颊通红，忍不住用手去打他，大声叫道，“曾之翊！”

曾之翊也不躲，任由着她打，因为发烧，打在他身上也是有气无力。他低下头看着她红通通的脸，越发觉得她美丽非凡，于是抱紧了她，说道：“你终于叫我的名字了。”

“无赖！”

“对，你尽管骂吧，我就是无赖！”曾之翊毫不避讳，抱着黎羽沫直接进了主卧，将她轻轻地放在床上，强制性地给她盖上了被子，柔声笑道，“我闻到粥的味道了，你煮的吗？吃过没有？”

黎羽沫狠狠地瞪着他，不说话。

曾之翊看着她倔强的样子，不由得想起17岁的她，在面对他的时候，仿佛也是这副模样。岁月让她改变了很多，但幸运的是，他还能看到她过去的影子。他的心顿时变得柔软，一句话不说就走出了房间。

关上房门的那一刻，曾之翊和黎羽沫同时陷入了回忆中。

02 

那是周一晚上的自习课。

黎羽沫没有跑出去玩，而是乖乖地待在教室里做试卷。她向来对这些题目没有什么好感，平时上课也没有怎么学，10道题中有8道题不会做。对于她来说，这些题目就像天书，密密麻麻的看得头疼。她随意地将笔一扔，发起呆来，而这时，景悠却忽然对她说了一句：“黎羽沫，我有三张电影票，你叫上楚桥，自习课结束之后就去看吧。”

"看电影？"黎羽沫皱了皱眉头，她讨厌在一片黑暗之中看那种没有什么颜色灰灰白白的电影，无论电影的剧情有多么好看。

她望着景悠，摇了摇头："我不喜欢看电影，而我不喜欢做的事情，楚桥也一定不会喜欢的。"接着，黎羽沫又说道，"我出去买点儿零食，若是一会儿老师回来问起，你就说我肚子不舒服，去洗手间了。"

不等景悠回答，她已经离开了座位，光明正大地走出了教室。教室里的同学对她的所作所为都习以为常了，但还是有人看了看她。

景悠望着黎羽沫的背影，失落的感觉一点一点地吞噬着她的心。黎羽沫不喜欢的事情，楚桥也一定不喜欢，黎羽沫怎么能这么肯定呢？还这么直接地拒绝了她。这样想着，她的目光变得暗淡了。

去学校的商店要路过曾之翊所在的一班，黎羽沫见他们班上没有老师在，便站在教室外面的走廊上往教室里看去。

曾之翊正和凌霜霜坐在一起，认真地和她讲解着什么，而凌霜霜脸上尽是笑意，看上去就像达到了目的之后的心满意足。

黎羽沫什么都不好，但是记忆力特别好，她记得凌霜霜并不是曾之翊的同桌。她望着他们轻轻一笑，脑海里也飞快地闪过了一个念头。

这个时候，教室里已经有好几个男生注意到了黎羽沫，纷纷望向了教室外面的她。而她只当没看到，慢慢地走到了窗户边，目光紧紧地锁在了曾之翊的侧脸上，突然皱起了眉头，生气地冲着他大声说道："曾之翊，你昨天才说喜欢我的，怎么今天就和别的女生这么亲密了？"

听到她的声音，曾之翊和凌霜霜一起看了过来，他的脸上满是惊讶的表情，而凌霜霜脸上却是愤怒的表情。只见她从座位上站了起来，气呼呼地说道："黎羽

沫，你胡说些什么？曾之翊怎么会喜欢你呢？你只是长得还算可以，全身上下再也没有配得上他的地方了！”

“是吗？”黎羽沫笑了笑，也不管教室里的同学在说些什么、怎么看她，只是望着曾之翊，说道，“曾之翊，你明明说过的，难道你现在不承认了吗？”

曾之翊静静地看着她，目光深邃，俊朗的脸上表情淡淡的，唇边却带着若有似无的笑意，而此时所有的人都在等着看好戏，等着曾之翊开口。

黎羽沫见他不回答，脸上的表情立刻变了，低下头委屈地说道：“曾之翊，我这么喜欢你，你居然背着我和别的女生在一起，真的太让我伤心了。”

她低着头，没有人看清她脸上的表情，而她的声音很低，身体也微微颤抖，看起来好像在哭一样。

曾之翊知道她这样是装出来的，但还是忍不住感到错愕，有那么一刻，竟然以为这是真的。想了想，他离开了座位，大步走出了教室。

黎羽沫眼角的余光已经看到了他，她轻轻一笑，刚想说话，手腕立刻被一双温暖的手抓住了，映入眼帘的是曾之翊那张带着温柔笑意的脸。

温柔？

黎羽沫觉得应该是自己看错了，那种人的儿子怎么会有这样的表情呢？

曾之翊一言不发地拉着她的手往走廊的尽头快步走去，楼道的声控路灯因为他们的脚步声亮了起来。他侧过头注视着黎羽沫那张带着几分得意的脸，还有那双明亮动人的眼睛，他的心突然跳得飞快，一时间竟然不知道要说些什么。

黎羽沫低下头看着握着自己手腕的那只手，轻哼了一声，然后用力地甩开，揉了揉有些发疼的手腕。

曾之翊顿时回过神来，怔怔地看着自己被甩开的手，脸色也有些不自然起来。

看着他有些手足无措的模样，黎羽沫只觉得好笑，最后竟然低低地笑出了声："曾之翊，你不会把我说的话当真了吧？别想多了，我不过是想整整你。我当着那么多人的面说喜欢你，你一定很想跟凌霜霜解释吧？"

"解释什么？"曾之翊望着她，眼睛很亮，"我觉得没有什么好解释的，我知道你是为了整我，不过有一点你算错了，我和凌霜霜并不是你想的那样。"他轻轻地笑了笑，五官瞬间俊美如画，"黎羽沫，其实我并不介意你告诉别人你是我喜欢的人，相反，我只是有点儿不明白，你昨天才说过你喜欢我的！"

听了这话，黎羽沫的脸色立刻变了。

她没想到他竟然能说出这样的话来，不以为耻，反以为荣，啧，当真和他那个父亲一模一样啊！

"我以为你和学校里其他的男生不一样呢，现在看来，都是一样的虚荣。"黎羽沫冷笑一声，一张美丽的脸庞如花般耀眼灿烂。

曾之翊听到这样的话也不反驳，却收住了脸上的笑意，沉声问道："黎羽沫，虽然你以前回答过我，但我还是想问你，也希望你能老老实实告诉我答案。你为什么要这样处处针对我，想尽一切办法整我？如果不是因为喜欢我，那究竟是因为什么？"

他的话音一落，楼道的灯瞬间熄灭了。

黎羽沫的眼前一片漆黑，却依然能够感觉到曾之翊正目光灼灼地望着她。她突然低低一笑，声音带着几分戏谑："你猜，猜到了我就再也不整你了。"

03 

当年的曾之翊的确没有办法想到黎羽沫这么对他究竟是为了什么。

他后来不止一次后悔过，为什么自己不早早地发觉，不然也不会有后来的那么多事情了。可是当初发生的那件事应该是任谁都无法想到的吧，而对于黎羽沫来说，那是她用眼泪凝结成的伤痛。

也因为曾之翊，黎羽沫与凌霜霜的第二次交锋在中午吃饭的时候发生了。

景悠和黎羽沫刚排队打了午饭，正在找位子坐的时候，因为没有看路，直接和一个身影撞了个正着。

黎羽沫大惊失色，飞快地后退着，但手里端着的午饭还是洒出来了一些。她立刻皱起了眉头，有些不满地侧过头去看撞她的人是谁，可她还没有看清，一个凌厉的女声就传了过来："黎羽沫，你没有长眼睛吗？"

"到底是谁没长眼睛？"黎羽沫看清了来人，正是盛气凌人的凌霜霜，她冷冷地一笑，毫不客气地反击，"凌霜霜，明明就是你自己撞过来的，跟我有什么关系？你不道歉反而还责怪别人，我真没见过比你还不要脸的人。"

"什么？我不要脸？我自己撞过去的？"凌霜霜脸色大变，像极了一个泼妇，她指着黎羽沫骂道，"黎羽沫，你以为我像你一样吗？我最讨厌的就是你这样的问题学生了，我会冒着不惜弄脏衣服的代价去撞你吗？真是笑话！"

"我怎么知道你是不是脑子有问题，把我当成假想敌了？"黎羽沫不甘示弱地冷哼了一声，她倒要看看这个凌霜霜还想对她做什么，还要怎么来诬陷她。

"你……"凌霜霜气急了，"这里这么多双眼睛看着呢，明明就是你撞我，快点儿给我道歉，不然这件事就没完。"

"怎么个没完法？"黎羽沫好笑地望着她。

凌霜霜咬了咬唇，一张还算漂亮的脸也变得有些狰狞起来："黎羽沫，你别这么嚣张，快点儿给我道歉，不然的话，我就告诉老师说你故意伤人！就算你不会被开除，也会被记下大过！”

“故意伤人？”

这话真好笑，凌霜霜受伤了吗？明明一点儿事情也没有，还在故意找她的麻烦，这些稍稍有点儿家世背景的好学生真当她好欺负吗？

黎羽沫双手交叉放在胸前，慢慢上前一步，冷笑着说道：“我伤害你了吗？打你了吗？伤口在哪里？证人又在哪里？凌霜霜，你想要给我安上罪名，麻烦找一个高明一点儿的借口，好吗？”

“什么借口！”凌霜霜怒道，“你以为会有人相信你说的话吗？黎羽沫，你也不看看你是谁，不过是一个让所有老师都讨厌的坏学生。”

“我是什么样的人还轮不到你来管！”黎羽沫笑意不减，“凌霜霜，你别当我是傻瓜，你不就是因为曾之翊不待见你，又觉得我在缠着他，你才想要设计诬赖我的吗？我告诉你，你这法子用得太笨了一点儿。”说着，她抬起头环视了一下整个食堂，又说道，“是谁撞了谁，我想总会有人看到的，而且我做过的事情，我一定会承认，没做过的事情，你也休想让我承认！”

“你……”凌霜霜明显不是黎羽沫的对手，被她说得语塞，脸也青一阵白一阵。她喜欢曾之翊这件事就算有人知道，也没有像现在这样被人说出来，她一时气急，冲到黎羽沫的面前扬起手准备挥过去。

黎羽沫没有想到凌霜霜竟然敢当着这么多人的面动手，正想躲开的时候，却见凌霜霜的手被一只有力的大手紧紧抓住了，疼得她尖叫起来：“快放开我！”

楚桥冷冷地看着凌霜霜，见她疼得眼睛都红了才甩开她的手，站到黎羽沫的身边柔声问道：“羽沫，你被欺负了怎么也不还手？”

“我没事。”黎羽沫摇了摇头，看向一脸委屈地揉着手还瞪着她的凌霜霜，好

笑地哼了一声，“她还不见得能欺负到我的头上。”

说完，她端着自己的饭往空位走去。

而这边，凌霜霜含着满肚子的委屈吃着饭，一边看着坐在不远处的黎羽沫，越想越生气，最后连饭也吃不下了，顾不得朋友的叫喊，大步离开了食堂。从小到大她都没有受过这样的气，在家里她是爸爸妈妈的掌上明珠，在学校，她是老师眼中的优秀学生，同学眼中的宠儿，她无论如何也咽不下这口气。她准备掏出手机打电话让妈妈送她爱吃的东西过来时，找遍全身都没有找到手机，细细一想，想到刚才她和黎羽沫撞了一下，也许是……

越想越肯定，凌霜霜立刻大步往回走，脚步十分快。还未走到食堂就看到了和楚桥他们一起走出来的黎羽沫，她立刻拦住黎羽沫，怒道：“黎羽沫，把我的手机还给我！”

“什么？”黎羽沫看着怒气冲冲的凌霜霜，皱了皱眉头，“你的手机？”

“对。”凌霜霜朝黎羽沫伸出了手，“一定是你刚才撞了我，然后趁机偷走了我的手机！那可是最新上市的，四五千呢！”

真是可笑，丢了手机就是她偷了吗？

黎羽沫勾起唇角，眼睛也眯了起来：“你的手机不见了就说是我偷的，凌霜霜，你搞清楚，刚才可是你自己过来撞我的，不是我故意去撞你的。”

“我不管！我的手机不见了，一定是你拿的！”凌霜霜也十分不客气地回道。

楚桥想着刚才的那一幕，对凌霜霜越发厌恶起来，他走上前一把拍开她的手，冷声说道：“喂，凌霜霜，麻烦你不要胡乱安罪名，黎羽沫是不可能偷你的手机的。”

面对高自己一个头的楚桥，凌霜霜有些害怕，但是即使这样，她也毫不退让，瞪着黎羽沫说道："好，既然你不肯还我手机，那我只好告诉老师了，到时候会给你什么处罚呢？把你开除也说不定。"

黎羽沫看着凌霜霜这副模样，只觉得可笑，她毫不在意地说道："好啊，你去告诉老师啊。不过，就算你告诉老师也没用，你是不可能在我身上找到你的手机的。"

她要诬陷自己，也要有证据啊！

"你……"凌霜霜再次气结。

正往食堂走来的曾之翊远远地就看到了这一幕，又看到凌霜霜正和黎羽沫吵着什么，周围还围了一些看热闹的同学，而黎羽沫的脸上也有着不耐烦的表情，直觉告诉他一定是凌霜霜找她的麻烦，于是没多想便朝着她们小跑过去。

"发生什么事了？"

他看了看凌霜霜，又看了看黎羽沫，面色十分凝重。

04

听到曾之翊的声音，凌霜霜就像找到了救命稻草一般，立刻站到他的身边指着黎羽沫说道："曾之翊，你来得正好，黎羽沫偷了我的手机！"

听了这话，曾之翊的眉头顿时皱了起来，目光幽深地看着黎羽沫，半晌之后说了一句："这不可能。"

本以为曾之翊会帮着凌霜霜向她要手机，却没有想到听到的是这样一句话，黎羽沫静静地看着他俊朗英气的脸，心突然颤了一下，而这样的感觉也让她不敢与他对视，连忙移开了目光。

"怎么不可能？"凌霜霜急了，"曾之翊，她是什么样的人，你难道不清楚

吗？刚才她撞了我一下，我出来以后就发现手机不见了，不是她偷了我的手机还会是谁？”

曾之翊怎么可以不相信她，反而去相信黎羽沫呢？

“凌霜霜，你别乱说话，刚才明明是你自己撞到黎羽沫的。”景悠也看不过去了，出来解释道。

“凌霜霜，你最好对你说的话负责。”楚桥也压低了声音狠狠地说道，他不允许任何人欺负到黎羽沫的头上。

曾之翊看了楚桥一眼，转过头问道：“凌霜霜，你确定你的手机是刚才和黎羽沫撞了一下之后丢的吗？”

凌霜霜用力地点头：“当然。”

“好。”曾之翊又重新看向黎羽沫，却在和凌霜霜说话，“你把你的手机号码告诉我，如果手机真的是黎羽沫偷的，那现在一定还在她的身上。”

一听说曾之翊要她的手机号码，凌霜霜立刻露出了笑容，连忙报上了一连串数字。

曾之翊将手机拿出来按着号码拨了过去，不过一会儿，电话就拨通了，但是没有从黎羽沫的身上传出动静。直到手机里传出一阵忙音，他才挂断电话，对凌霜霜说道：“凌霜霜，你也看到了，我打你的电话，没有听到手机响，这说明黎羽沫并没有偷你的手机。”

“不可能！”凌霜霜还是不相信。

黎羽沫看着凌霜霜，只觉得可笑，已经打电话核实了，手机也确定不在她的身上了，这个凌霜霜还咬着她不放，到底想要做什么？

“我要搜身！”凌霜霜突然转过头来瞪着黎羽沫，大声说道，“黎羽沫，你一定是按了静音，所以打电话才听不到声音的，我要搜你的身，你……”

她的话还没有说完，只见两个女生匆匆跑了过来，一边跑一边说道：“凌霜霜，凌霜霜，你把手机落在食堂里了，刚才有人给你打电话了。”

女生的声音很大，让周围的人都听得清清楚楚，而凌霜霜一听这话，脸色都白了。她颤抖地接过那个女生递来的手机，笑也不是，不笑也不是，最后只闷闷地对曾之翊说了一句：“曾之翊，我的手机找到了。”

“既然找到了，就向黎羽沫道歉吧。”

“什么？”凌霜霜蓦地愣住，要她向黎羽沫道歉？凭什么？

无论刚才凌霜霜是不小心把手机落在了食堂，还是这一切都是她算计好的，在黎羽沫的眼中不过是一场闹剧、一个笑话。她看着凌霜霜，冷冷一笑，然后毫不客气地和曾之翊擦身而过。

“黎羽沫。”曾之翊几乎是条件反射地叫出她的名字。

黎羽沫脚步一顿，侧过身冷冷地说道：“曾之翊，别以为你为我解了围，我就会感激你。”

“我……”话还没来得及说出口，黎羽沫就已经转身离去了，曾之翊看着她的背影，胸口突然传来一阵疼痛。他知道黎羽沫不会感激他，他不过是不想看到她被人欺负。

05 

原来从那个时候开始，她就已经让他心疼了，而现在也更是让他心疼得无以复加。

黎羽沫的房子并不大，却精致得很，生活用品样样俱全。厨房的灶台上用微火

煮着的粥散发出淡淡的香气，看来煮得差不多了。曾之翊走过来关了火，拿出碗洗干净了，盛上粥，又小心翼翼地端到卧室。

“现在有点儿烫，我先放在旁边凉一下。”曾之翊看着黎羽沫苍白的脸，胸口隐隐有些疼，他缓缓地坐在了床边，凝视着她。

“你现在可以告诉我怎么找到我家的吗？”黎羽沫皱着眉头问道。

曾之翊原本不想回答，可是看着黎羽沫苍白的脸，心生不忍，于是叹了一口气，答道：“我打电话到你公司，一问之下才知道你生病请假了，便向你的顶头上司尹经理要了你家的地址，想来看看你。但没有想到，你一开门看到我，连进都不让我进，无奈之下，我只好请了小区的保安帮忙，冒充了你的男朋友，做这些不过是因为我在担心你。”

“那真是多谢你的关心了。”黎羽沫的语气十分冷淡，“你现在可以走了吗？”

“等我的朋友过来帮你打点滴，看着你打完了我再走。”曾之翊也是十分坚持的人，面对如今已经快变得不认识了的她，他只能这样才可以靠近她，“我保证，我说的都是真的，只要你打完点滴，我立刻就走，绝不多留。”

也许是他的语气太过诚恳，看着她的眼神有她从来都没有见过的祈求之意，黎羽沫莫名地心软了。眼前这个人已经从青涩单纯的少年长成了睿智成熟的男人，从前的脾气性格仿佛已经消失不见了。无赖、厚脸皮、变相威胁，这些仿佛铸成了他的劣根性。

原来，他也能变成这样。

在一无所知的7年里，谁也无法知道他们经历过什么。

两个人静静地坐着，谁也没有再开口说话，直到门铃响起，曾之翊口中的朋友来时，卧室里才恢复了一点点生气。

从踏进这间卧室开始，向义翔就抱着一种审视的态度，从曾之翊那里，他不止一次听到过黎羽沫的名字，在好友的口中，她是冷漠的、美丽的、倔强的，却又不失聪慧的少女。只是现在，在他眼前的女人仿佛并不是他所听到的那个样子。

黎羽沫很漂亮，这一点不可否认。可不管是谁，都能像他一样一眼就看到她眼中的疏离与防备，即使在给她打点滴的时候，她的眼睛也没有眨一下，毫不理会他，只当他是空气。

向义翔给她打了点滴之后，拉着曾之翊走出了卧室。

“黎羽沫？”他指了指卧室的方向。

曾之翊微微一笑，问他：“要打几次点滴？”

“烧已经退了一点儿，打一针后再吃点儿药就没事了。”向义翔认真地说道，又问，“真的是黎羽沫？没想到啊，你才回国没多久就找到她了。本来我还在想，到底是什么样的病人，和你是什么样的关系，你居然还麻烦我这个已经当上了主任的人跑来给一个感冒发烧的人看病，现在一想，也就只有她了。”

“你的话真多。”曾之翊的目光扫了过来。

向义翔笑着拍了拍他的肩膀：“你过去了，她过去了吗？”

曾之翊立刻明白了他的意思，眼神一暗，也不说话。

向义翔很识趣地没有多说，又叮嘱了他需要注意的事情后，收拾东西离开了。

等曾之翊回到卧室的时候，黎羽沫已经睡着了，呼吸很轻。她插着针头的手裸露在外，曾之翊没多想便走过去将她的手轻轻地握住，手上传来的凉意让他的心又忍不住猛跳了一下。他将黎羽沫的手飞快地放进了被子里，又掖了掖被角，然后安静地坐在她的身边。

这一觉黎羽沫睡得格外安稳，醒来时点滴已经打完，曾之翊也不见了。黎羽沫走下床，没几步便听到了“乒乒乓乓”的声音。穿过客厅便看到了脱了外套的曾之翊站在厨房里不知在忙些什么，黎羽沫的脚步蓦地停住了。

他安静地在灶台旁炒着菜，俊朗的侧脸被锅里冒出来的热气笼罩着，有些模糊。黎羽沫实在想不到，为什么这个男人连做饭都如此沉稳，而她也不知道，这个人是在什么时候学会做这些事情的。

仿佛感觉到了她的目光一般，曾之翊蓦地回过头来，看着她愣愣地站在客厅里遥望着他，先是一愣，而后淡淡一笑：“要不先去洗漱一下，马上就能吃晚饭了。”

听到这话，黎羽沫的意识才变得清晰起来。此时天色已经完全暗了下来，她家的灯也是亮的，只是她刚睡醒还有些迷糊，一时没有察觉到。

“你不会连晚饭都不让我吃吧？”曾之翊的语气里带着几分戏谑，“你放心，我说过的，不会多留的。”

黎羽沫勉强相信了他。

餐桌上摆着三菜一汤，十分家常的小菜，光看颜色就能令人食欲大增，只是不知道这些菜是不是金玉其外。

曾之翊见她好半天都没有下筷子，便夹了菜放进她的碗里，说道：“我这些年独自一人在国外生活，什么事情都是自己做，有朋友来我家吃饭，都说我做的饭菜一流，堪比国内大厨。”

这人吹牛也不脸红？

黎羽沫轻哼一声，默默地吃下了菜，脸色也在这一刻有了细微的变化。

“怎么样？”曾之翊殷切地望着她。

“难为曾总亲自下厨做饭给我吃。”黎羽沫的语气淡淡的，神色也淡淡的。

“但我觉得很荣幸，你是第一个吃到我做的饭的女人。”曾之翊淡淡地笑道。

饭菜突然变得有些不是滋味了，黎羽沫很快扒完了一口饭，坐在桌边等曾之翊。而曾之翊见她吃得这么快，也没有说什么，迅速吃完后便收拾碗筷去清洗。

哗啦啦的水声毫无节奏，就像她此刻紊乱的心跳。不曾做过这样的梦，却觉得自己此刻身在梦中，即使那个人近在咫尺，她也无法伸手去触碰。

临走之前，黎羽沫送他到门口，语气冷漠地对他说道：“曾之翊，已经过去了。”

曾之翊愣了一下，半晌之后明白了她话中的意思，轻轻一笑，回道：“既然过去了，就别抓住不放，而且我一直都记得，你还欠我一声再见。”

06

“再见”这样的话语需要吗？当初发生那件事不是早就断掉了他们之间所有的联系吗？还需要两个人面对面说声再见吗？曾之翊永远都是这么让人觉得可笑。

曾之翊兑现承诺，洗完碗后便离开了，黎羽沫一个人坐在空寂无声的客厅里发呆。记忆也慢慢地将她带向了那个让她觉得意外的晚上，而那时的他也是那么可笑。

她记得那天晚上有些凉，在学校的食堂吃过晚饭后，她跑到楚桥的班上去找他，却被人告知他去篮球馆打篮球了。她对看男生打篮球没有什么兴趣，只好一个人在学校里四处转着。

这个时候，学校里的路灯已经全部开了，外面已经没有多少学生了，一、二年级的学生都已经回家了，而三年级的学生多数都在教室里准备上自习课，只有少数

像她这样一点儿也不爱学习的人才会不回教室。

黎羽沫一边走一边踢着地上的石子，暗黄色的路灯笼罩着她纤瘦的身影，在地上留下淡淡的暗影。这情景落在了一直跟在她身后的曾之翊眼中，竟然有了几分美好。

原来她不发脾气的时候是这样好看，能将所有的光芒都比下去。他虽看不清她的面容，却能从她那可爱的动作看出她在笑，而她本来就有一张让人不得不去注目的美丽脸庞。此时她这副模样，任谁看了都会忍不住心动，想了想，他朝她飞快地跑过去。

“黎羽沫。”

黎羽沫踢着石子的脚停了下来，转身一看，见是曾之翊，立刻移开了目光，冷声说道：“我还没去找你的麻烦，你自己倒送上门来了。”

对于她的不客气，曾之翊也没有在意，只是微微一笑：“如果我说我是送上门来让你欺负的呢？”

“你脑子没有问题吧？难道书读多了变成了书呆子？”黎羽沫皱起眉头说道。

曾之翊听了这话，愣住了，没想到她竟然也会开玩笑，一时间也没有去在意她是在拐着弯骂他，只无声地笑了笑，认真地说道：“其实我是来代替凌霜霜向你道歉的。”

代替凌霜霜道歉？就凭他吗？

不知道哪里来的怒气，黎羽沫一抬脚，将地上的一颗石子用力地朝曾之翊的腿上踢去。只听到“咚”的一声轻响，石子击中了曾之翊的小腿，他痛得后退了一步，俊美的脸突然变了颜色。

“你代她道歉？你是她什么人？”黎羽沫逼近曾之翊，“曾之翊，你以为你是谁？你凭什么代替凌霜霜向我道歉？”

“我……”曾之翊被她问得语塞，也顾不得要去揉被石子踢痛的小腿。她这样对他也不是一天两天了，他并不生气，只是不明白她为什么突然之间换了语气和脸色。

“哦，对。”黎羽沫点了点头，“你和凌霜霜是同班同学，关系应该还算不错，这么说来，你代她向我道歉也是可以理解的了。”

说完，她笑了起来，笑容落在曾之翊的眼中，让他忘了回答。

只有他自己才知道，他并不是因为和凌霜霜是同学才替她道歉的，他知道凌霜霜喜欢他，也知道凌霜霜是因为他才会去设计陷害黎羽沫。他来道歉，是因为自己，不过是拿凌霜霜当借口罢了。

黎羽沫见他没有说话，便将双手抱在胸前，绕着曾之翊走了一圈，而后笑道：“曾之翊，你是真的想向我道歉？”

“是。”曾之翊肯定地点了点头。

“好啊，既然如此……”黎羽沫眼角的余光瞥向不远处的水池，又回过头来望着曾之翊，轻声说道，“那……你就当着我的面跳进那个水池吧，只要你跳下去，我就原谅你。”

现在已经是傍晚了，池子里的水一定很凉，虽然水深得还不至于会让他淹死，但要是泡上那么一段时间，不感冒也难吧？

曾之翊看了看几步之外的水池，又看了看黎羽沫笑意盈盈的面容，认真地问她：“黎羽沫，你说的是真的？”

“当然。”黎羽沫点了点头，“我说话算话。”

“好。”说完，他便朝水池大步走去，站在水池边的那一刻，还回过头来看了

黎羽沫一眼。

黎羽沫只当曾之翊是不敢，不屑地笑了笑，正准备出声讽刺他的时候，只见他一抬腿就往水池里跳了下去，她顿时睁大了眼睛。

“扑通——”

水池里的水因为曾之翊的动作溅起了巨大的水花。

他疯了吧？

黎羽沫飞快地跑到水池边，看着下半身都没入了水里的曾之翊，怒火中烧，忍不住冲他大声吼道：“曾之翊，你神经病啊，我让你跳，你就真的跳？”

“你不是说我跳下去就原谅我吗？”曾之翊被冰冷的水冻得瑟瑟发抖，但声音里没有半分颤音，目光灼灼地望进了她的眼底，“那我现在跳了，你能原谅我了吗？”

应该说这个男生是笨还是天真呢？

明明已经被冻得全身都在发抖了，却还能像现在这样镇定自若地和她说话。黎羽沫看着他的模样，不知道要说些什么才好。她愤愤地看了他许久，一个字都没说就转身离开了。

“黎羽沫！”曾之翊急了，看着黎羽沫越走越远的背影大叫道，“你还没告诉我，你是不是原谅我了？”

黎羽沫越走越快，甚至还捂住了耳朵，不去听曾之翊的声音。

原谅？她怎么可能会原谅他？绝对不能原谅！

然而就在这个时候，黎羽沫狠狠地撞上了一堵墙，连连后退了几步。还不等她抬头去看是谁，手腕便被人用力地握住了，毫不客气地向前拉去。

07

“黎羽沫，你告诉我，你这么对曾之翊到底是为了什么？”漆黑的角落里，刚打完篮球回来的楚桥看着黎羽沫，因为呼吸急促，他的声音里还带着细微的颤音，“你是不是真的像学校里谣传的那样喜欢他？”

黎羽沫从来没有见过这样的楚桥，他的眼睛亮得惊人，仿佛要望进她的心里一般，而他的声音也不似平常和她说话时那般，而是低沉中带着几分质问。

“黎羽沫，你回答我。”楚桥走上前抓住黎羽沫的肩膀，“你是不是喜欢曾之翊？”

“你胡说什么？”黎羽沫被他看得心里发慌，皱着眉头想要推开他，可楚桥越抓越紧，“我从来都没有说过我喜欢曾之翊，你别听学校里的那些人胡说八道！”

“那你告诉我，你为什么对曾之翊这样？为什么要处处针对他？你这样做难道不是为了吸引他的注意力吗？如果不是因为喜欢他，你为什么要这样？”楚桥死死地盯着黎羽沫，好像从她的脸上、她的眼睛里能够找出他想要的答案。

肩膀上传来的疼痛让黎羽沫的脸色渐渐发白，她借着微光看着楚桥的脸，深吸了一口气，缓缓说道：“你先放开我。”

“你回答我。”楚桥的声音里透着倔强。

黎羽沫不知道楚桥为什么突然这样，但她也做不到对自己最好的朋友摆脸色，只好说道：“楚桥，事情不是你想的那样，我不喜欢曾之翊。”

“真的？”楚桥惊喜地问道，抓着黎羽沫肩膀的手也松了松，“你真的不喜欢他？”

“当然！”黎羽沫趁机推开他，淡淡地说道，“楚桥，以你对我的了解，你觉

得我会喜欢曾之翊那样的乖乖男吗？”

“那……你会喜欢我吗？”楚桥一句话脱口而出，他看着黎羽沫秀美的脸庞，只觉得这个夜晚她美得让人无法忽视，心跳也因为这句话而失去了控制，越来越快。

黎羽沫怔怔地望着楚桥，完全没有料到他会突然说出这样一句话：“楚桥，你说什么？”

“黎羽沫，你会不会喜欢我？”楚桥目光灼灼地望着她。

会不会喜欢他？

黎羽沫默默地想着，从她认识楚桥的那一天起，就把他当成了自己最好的朋友，她可以和他一起逃课、一起玩耍、一起嬉笑、一起捉弄人，可以把自己所有的事情都告诉他，不管是开心的，还是难过的。在她的心里，他是她最好的朋友、最好的哥们儿，可是她会喜欢上最好的朋友吗？

一年多的时间，她都没有喜欢上楚桥，以后应该也不会吧。

想了想，她低声答道：“楚桥，你是我最好的朋友。”

虽说一句话就说明了他在她心中的地位，但在楚桥看来，这句话比不喜欢他更伤人。他踉跄地后退了几步，难以接受这个答案，忽然像是想到了什么，问黎羽沫：“那你会不会喜欢上曾之翊？”

“你问太多了。”黎羽沫转身往回走，现在她已经不知道要怎么面对楚桥了。他轻易地撕开了他们两个人之间的那张纸，如果不平静一下，她真不知道她还能不能坦然地和楚桥做朋友。

对于楚桥来说，黎羽沫此时的举动便是默认了她会喜欢上曾之翊，不管从哪一方面来讲，他都无法接受她的答案。他飞快地拉住了只走了几步的黎羽沫，然后将她紧紧地抱住："黎羽沫，你不能喜欢曾之翊。"

"你……"黎羽沫被楚桥的举动吓到了，想要推开他，却被他抱得更紧了，她深吸了一口气，镇定地说道，"楚桥，你放开我。"

"我放开你，你就要去找曾之翊，对吧？"楚桥似乎失去了理智一般，一丝一毫也不放开。

"楚桥！"黎羽沫彻底被他激怒了，"就算你是我最好的朋友，你也没有权利管我去找谁吧？你喜欢我，我知道，我也告诉你了，我不会喜欢上曾之翊，你还想要听什么？"

听黎羽沫的语气，楚桥知道她生气了，可是今天，他不问出原因是不会罢休的。他狠下心，低头问道："既然你说你不喜欢曾之翊，那你就告诉我你这段时间为什么对他那样，如果不是为了吸引他的注意，那是为了什么？黎羽沫，我要答案！"

答案？

黎羽沫苦笑一下，面无表情地说道："楚桥，你就这么想要答案吗？"

"对。"

"好，既然你这么想知道，我就告诉你。"黎羽沫抬起头看着楚桥的眼眸，微微一笑，声音轻得几乎听不见，"楚桥，因为曾之翊的爸爸，也就是校长，侮辱了我妈妈，所以我才会处处针对曾之翊。我不好过，曾之翊也别想好过！我之所以能够重新回学校，也是这个原因，现在你满意了吗？"

所有的坚强在这一刻瞬间瓦解，世间的真相都是让人无法接受的。

也不是所有人都能够从容地说出这些，如果不是被逼问、被刺激，谁愿意把自己的伤痛曝光？

08

记忆到这里并没有停止，伤痛也并没有在这里结束，在黎羽沫看来，从说出那句话才是悲剧真正的开始。那个让他们都痛苦的结局，如果不是因为曾之翊的出现，她真的一丝一毫也不愿意想起来。

又在家休息了两天，黎羽沫便去了公司，也没顾感冒有没有完全好透。

蒋小雨见她出现，十分吃惊："羽沫姐，你怎么就来上班了？"

"我已经没事了。"黎羽沫淡淡一笑，面容依旧有些苍白。

"但你看起来还不是很好。"蒋小雨担忧地说道。

"嫌我给你的工作不够多是吗？"黎羽沫脸色一沉，瞥了她一眼。

蒋小雨缩了缩脖子，她最怕看到黎羽沫这样的表情了，于是点了点头，转身做自己的工作。

黎羽沫默默地呼了一口气，拿出设计图开始画起来。对于曾之翊这样要求不多、比较随意的客户，是最好画设计稿的，而且她已经构思好主调风格，算起来今天一天也能完成一小部分。

中午，午休时间。

黎羽沫在公司的休息间里泡了一杯咖啡，吃过药后便有些昏昏欲睡了。她需要提提神，而这时，放在一旁桌上的手机响了起来。她侧过头一看，屏幕上显示的是楚桥的名字。她怔住了，并没有去拿手机。

屏幕暗了下去，之后又亮了起来。

过来休息的蒋小雨看到这一幕，惊讶地指了指她的手机，说道："羽沫姐，你的手机在响呢，怎么不接？"

黎羽沫回给她一个笑容，这才缓缓地拿起手机接通了电话，声音透着浓重的鼻音："有事吗？"

电话这头，楚桥一听她的声音不对劲，便咽下了要说的话，关切地问道："这么重的鼻音，是生病了吗？怎么不跟我说？"

"我没事，小感冒，已经好得差不多了。"黎羽沫站在落地窗边看着外面，心里一下子变得十分平静，"而且我又不是小孩子了，干吗要事事跟你说？"

楚桥默默地叹了一口气，声音有些低沉："羽沫，你现在只有我，不跟我说你还能和谁说？"

话里的指责之意那么明显，黎羽沫顿时发不出声音来。

"本来想跟你说，我今天晚上要去参加一个商业酒会，让你陪我一起去的。既然感冒了，你就好好休息，也别工作，身体要紧。"楚桥的语气里透着对她的担忧，"等酒会结束了，我再去看你。你一个人，我是真的放心不下。"

她知道他是关心则乱，便没有再说什么，闲聊了几句就挂断了电话。

一直在旁边偷听的蒋小雨见她挂了电话，便凑过来，笑嘻嘻地说道："是楚一集团的总经理给你打电话吗？"

黎羽沫瞪了她一眼。

"别否认，我都看到了，你手机上的名字是'楚桥'。"说完，蒋小雨又笑了笑，那模样像极了正在出坏主意的人。

黎羽沫也不跟她多说，转身走回办公室。

楚桥挂了电话之后，拨通内线让外面的秘书进来，将晚上需要她陪着一起出席酒会的事情说了说。等到一脸惊讶的秘书离开之后，他才无力地躺在了软椅上。

安静的办公室里，他有些疲惫地看向大大的落地窗，直勾勾地盯着外面蔚蓝得

几乎透彻的天空，心中一片喧闹。

许久之后，他才轻轻地吐出一句话：“我早知道他来了，你便再也无法平静……”

即使她说过自己做得到，即使时间已经过了这么久，即使他们都已经变了，曾之翊还是放不下她，她亦如此。

第四话
04
CHAPTER
逆流
YOUR FIREWORKS, MY HEAVEN

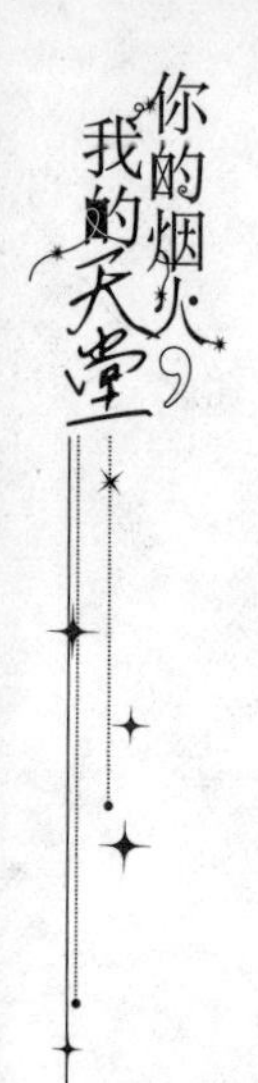

现在的重逢，亦是未来的开始，但一切已经改变。

01

黎羽沫一直工作到晚上8点。

整个公司只剩下她一个人，而今天在她的计划内要做完的工作也已经完成了。从她进入这家公司开始，就一直在用自己的实力证明，她并不只是一个外表出色，却没有真才实学的人。她知道有些人因为她漂亮而在暗地里嫉妒她，但她就是凭着自己的头脑，才在这个人才辈出的行业里混出名气的。

收拾好东西，黎羽沫揉了揉胀疼的太阳穴，但没有料到就在这一刻，“啪”的一声，设计部办公处的灯蓦地大亮。

她下意识地朝门口望去，正好与走进来的曾之翊对视，瞬间愣住了。

看到她的那一秒，曾之翊的怒气立刻涌了上来，脚下的步子也越来越大，眼睛发亮，他的声音也比之前听到的都要低沉：“黎羽沫，你怎么这么不爱惜自己的身体？感冒还没好就来上班，你当自己是铁打的吗？”

他下班刚巧路过这里，没有想到她所在的设计部的灯居然还是亮着的。本来只是抱着上来看看的心理，却没有想到在这里的人居然真的是她，他一时间有些控制不住自己的情绪了。

黎羽沫看着他俊朗的面容，心跳突然变得异常。她深吸了一口气，从座位上站起来，笑道：“我这不是怕影响工作的进度吗？”

“黎羽沫！”曾之翊狠狠地叫着她的名字，也不顾她眼中的疏离，用力抓住她的手腕，拉着她就往公司外面走。

黎羽沫有些跟不上他的脚步，用力甩着他的手：“曾之翊，你放手！”

曾之翊却抓得更紧了，他头也不回，拉着她一路到了电梯口，又一路到了一楼大厅。但黎羽沫哪里会让他这样一直抓着，几乎使尽了全力挣扎，另一只手也不闲着。他不肯松手，她就一直捶打着他，甚至连她自己都不知道为什么要这么反抗。

一楼大厅外有一排十几级的台阶，黎羽沫穿着高跟鞋，一时没有注意，便踩空了，身体顿时一歪，吓得轻呼了一声——

“啊！”

曾之翊立刻回过神，飞快地伸出手扶住了她，眉头皱了起来，声音渐渐放柔：“小心点儿，有没有怎么样？”

趁着这个机会，黎羽沫毫不犹豫地推开了他，也不管脚踝上传来的疼痛，目光冷淡地从他的脸上扫过，转身离开了。

她不知道，曾之翊已经看够了她转身离去的背影，更不想再看到她这种冷静得像什么事情都没发生过的样子。他迫切地想知道自己出现在她的身边，她心里是怎么想的，怎么可能这么冷静？难道这么多年，只有他在傻傻地念着她，她早已对他无情无心了？

说楚桥是她的男朋友，他打心底里不相信。如果能在一起，早在7年前他们就在一起了，哪里会拖到现在。她说那样的话，不过是推开他的借口。

曾之翊三两步上前拉住她，逼得她不得不回过头来，他的眉头皱得紧紧的，声音却是轻柔的：“黎羽沫，收起你淡定安静的那一套，我不知道你为什么会变成现

在这样，但我相信，你依然是7年前的你。”

“你在说什么？我听不懂。”黎羽沫不看他，安静地低下头。

“既然你已经认定了我们之间没有任何关系，那你至少要给我一个告别吧。”曾之翊的声音里透着一股哀伤，近乎是在乞求她一般。

他怎么就对“告别”这么执着？

夜色中，黎羽沫看到了他眼中闪烁的幽光，心一下子就软了下来。当年发生了那样的事情，她根本就没有通知他，便和楚桥远走高飞了，切断了和他的所有联系。既然他这么想要告别，那便给他一个告别好了，她不想再被他这样纠缠下去了。

她任由曾之翊拉着上了车，也没有问要带她去哪里。从坐进车里开始，她就一直很安静，感冒还没有完全好，再加上工作了一整天，黎羽沫的体力已经有一点儿透支了。车还没有行驶多久，她便歪着头睡着了。路边的灯照在了她苍白的脸上，让她的五官变得柔和起来，正在开车的曾之翊侧过头来看她，目光久久都不曾移开。

他的心一如当年。

她的人也在眼前。

他突然明白，为什么在国外这么多年来，身边美女无数，追求者甚多，他都毫不动心，只一心念着她、想着她，靠的不过是对她的一股执念。不然，谁能抵得过这么漫长的岁月？

是命运让他们相遇，也是命运让他们变得如此。当年发生的事情历历在目，不是他的错，也不是她的错。他曾恨过自己，但对她的感情将他从自责之中拉了回来。当年只是因为他爸爸对她妈妈所做的事情，她就恨极了他，而那之后，她又该有多恨他呢？而她又是怎么走过来的？

不曾被放下，又怎么能说重新开始？

02

短短的时间内，黎羽沫梦到了她和曾之翊之间的转折点，也正是因为那天的事情，让她对他有了彻底的改观，也让他渐渐走入了她的心里。

那天的天气很好，阳光灿烂，空气也格外清新，十分适合出门游玩。黎羽沫乖乖地待在家里复习了一上午，陪着妈妈范玲美吃完了午饭，便借口出去买复习资料离开了家。

因为是放假，书店里的人特别多。挑了几本要用到的复习资料后，黎羽沫又挤进人群，来到摆满了国内外知名画家画册的书架前，目光一一扫过，最后落在了一本《世界著名画家全集》上。她伸出手将书拿了出来，翻了翻，里面收录的画都是知名画家的成名作，还有一些评画大师的点评。看了好一会儿，她才合上书，去翻看书封后面的价格，看到上面的数字之后，她毫不犹豫地将书放了回去。

自从爸爸因工伤死了之后，家里的条件远不如从前那么好了。虽然保险公司赔偿了一些钱，但也只够平时的花销，而妈妈的工资并不高，还有她这个要花钱的毕业生，除了买点儿学习资料，已经不够她买自己想要的东西了。

黎羽沫又在书店里逛了许久，确定自己不需要什么书后，才走到收银台前结账。付了钱之后，手里的钱也所剩不多了，她缓缓地走出了书店准备回家。然而就在这个时候，一个熟悉的声音突然传来。

"黎羽沫，你掉了东西。"

黎羽沫朝来人看去，没想到是曾之翊。

沉默间，曾之翊已经来到了她的身边，一双幽黑的眸子直勾勾地盯着她，唇边的笑意在她的眼中，仿佛有着别样的意味。

黎羽沫没有理会他，低下头细细地检查着包，发现自己根本没有掉东西，他刚才是在骗她吧？

没想到他居然也会骗人！

黎羽沫淡淡地瞥了曾之翊一眼，转身就走。

曾之翊没想到黎羽沫理都不理他，急忙追了上去："黎羽沫，你等一等。"

他要不要这么烦人？

黎羽沫一脸不耐烦地停下脚步，语气十分不善："曾之翊，你什么意思？是想跟踪我吗？"

曾之翊愣了一下，微笑道："你别想那么多，我也没想跟踪你。"

"那你刚才为什么要骗我？"黎羽沫皱紧眉头，警惕地盯着他。

她才不会相信他说的话！

"我没有骗你，你刚才真的掉东西了。"说完，曾之翊将自己书袋里的一本画册拿了出来，正是刚才黎羽沫翻看过的那本，"你应该很喜欢这本书吧？我刚才看你翻了好一会儿，我……"

"还说没有跟踪我？你不跟踪我，怎么知道我刚才看的是这本书？"黎羽沫咬着唇瞪着他，"曾之翊，我怎么没发现你是一个这么变态的人呢？"

变态？

他哪里变态了？

"我只是碰巧看到你而已，并不是跟踪你。"他不想让她觉得自己是个变态，"我买了这本书，是想送你礼物。"

礼物？

他会这么好心？

这本书并不便宜。

“真的是送给我的？”黎羽沫半信半疑地瞥了他一眼。

“是。”曾之翊又将书递给了她。

“好，这是你说的。”说完，黎羽沫伸手接过书，然后冲着曾之翊勾唇一笑，一个转身，便往书店大门口旁的垃圾筒走去，在他的目光下毫不犹豫地把书扔进去。

看到这一幕的曾之翊惊呆了，三两步追上来：“黎羽沫，你干吗要扔掉？你不是很喜欢吗？”

黎羽沫回眸一笑，虽是充满了邪恶，却美丽无比：“是很喜欢，但这既然是你送给我的东西，那怎么处理就是我的事情了，不是吗？”

“黎羽沫……”曾之翊幽幽地说道，“你为什么要这样？”

“哪样？”黎羽沫望着他，高傲地扬起了下巴。

“你处处针对我，不整到我不罢休，问你原因，你又不告诉我，还总是摆出一副拒人于千里之外的样子。我不知道我应该要怎么对待你，我怕自己对你不好，可更怕自己对你好，我……”

曾之翊说到这里，停了下来，眼里透着几分犹豫，欲言又止的模样让黎羽沫觉得他接下来要对她表白。

黎羽沫压制住狂乱的心跳，用力地深吸一口气，缓缓说道：“想知道原因，你可以自己去寻找答案，我是不会告诉你的。还有，别企图对我好，我是不会领情的，更加不会要你的施舍。”

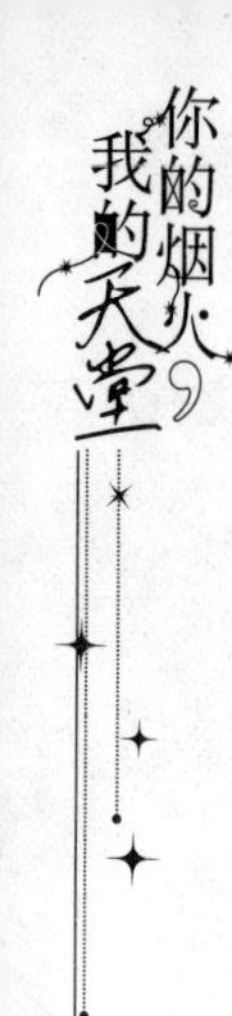

对于那个时候的她来说，曾之翊买了一本一百多块钱的画集给她，就是施舍。

她不要这样的施舍。

可是后来她才真正明白，他不过是想要对她好。

03

在曾之翊的记忆中，那时的黎羽沫是尖锐的，仿佛全身长满了看不见的刺，只要轻轻一碰就会被刺伤。可那天之后，他才知道那不过是她的一层外壳而已。

那天被黎羽沫拒绝之后，曾之翊都不知道自己是怎么回到家里的。在她那里，他受到了太多打击，连他都不清楚自己为什么要为她做这么多。为求她的原谅，什么也没想就跳进水池。为了让她不再处处针对他，他试着对她好、投她所好，可是这样换来的好像是她更加无情冷漠的对待。她并不是因为喜欢他，那到底是因为什么？

他突然想起了之前从黎羽沫那里听来的话，她骂他的爸爸人面兽心，还说再被开除的话，便让所有人知道他爸是什么样的嘴脸。

说这种话的她是气愤的，就好像带着仇恨一般。

也许……有什么他不知道的事情？

这样想着，曾之翊抬起头看向了爸爸的书房，他觉得自己应该去找爸爸问清楚。

脚步匆匆地上了楼，曾之翊站在书房门口，正准备敲门的时候，却隐隐听到了什么声音，似乎是女人的声音。爸爸的书房里怎么会有女人？他迫切地想知道答案，想也没想就拧开了门。

只听到“咔嚓”一声轻响，门开了。

曾博源根本没有想到曾之翊会突然开门进来，吓了一跳，十分慌张地说了一句：“你怎么不敲门就进来了？”

与此同时，他手忙脚乱地用鼠标点文件，一直点了好几下才终于让视频里的声音停下来。再望向曾之翊的时候，他目光灼灼，似乎要从曾之翊的脸上找出什么来。他顿时怒了，说道：“这么大的人了，怎么都……”

话还没有说完，曾之翊便开口解释：“爸爸，我有个问题想问您，所以没有想那么多，您不要生气。”

曾博源沉着脸望着他，咳了几声，严厉地说道：“就算有问题想问我，也应该先敲门啊！”

“是，我下次会注意的。”

曾之翊微微低下头，又看了看他的脸色，只觉得不是很好，好像还有几分紧张，他觉得这样的爸爸很奇怪。

曾博源见儿子似乎并没有发现什么，便松了一口气，说道：“有什么问题，说吧。”

曾之翊抬起头望着曾博源，很直接地说明了自己的来意：“爸爸，您为什么会同意黎羽沫返校？”

曾博源似乎没想到他会问这样的问题，愣了一下，脸色变得有些不自然起来。他看似不经意地躲开了曾之翊的目光，说道：“之翊，你……为什么要知道这个？”

曾之翊盯着曾博源，只觉得他躲躲闪闪的很奇怪，十分坚持地说道：“因为最近黎羽沫总是明里暗里和我作对，好像我得罪了她似的，可是我在此之前从来没有和她接触过。爸爸，我觉得这件事隐隐和你有关系。”

曾博源听了，心猛地一跳，他知道自己的儿子，一旦心里有什么事情便一定要弄清楚，只好叹了一口气，说道：“她应该是记恨我让她退了学，你也别和那小姑娘一般见识，不要理会她，时间长了，她应该就会放弃了。而且我不过是看在她妈妈诚心恳求的面子上，再给她一个机会罢了，单亲家庭的孩子挺不容易的。”

说这话的时候，曾博源的目光一直落在电脑屏幕上，手也不停地点着鼠标，不知道在做些什么。在曾之翊的眼中，爸爸一直都是冷静的，从来都没有这样慌乱过。这个情景看在他的眼中，只觉得爸爸是不是想隐藏什么，不想被他发现。

几秒钟之后，曾博源见曾之翊还没有走，脸色有些不好了，问道：“还有什么事吗？”

爸爸怎么这么着急要赶他走？

曾之翊一向聪明，他用眼角的余光瞥了一眼电脑，隐约觉得里面装有什么秘密，也许这个秘密还和黎羽沫有关系。他知道自己的爸爸从来都不是那种轻易就改变心意的人，到底是因为什么他才让黎羽沫返校的？

怀着这样的想法，曾之翊等到了天黑。

曾博源的作息时间一直都很准时，晚上10点就会回房间睡觉。又等了大约半个小时，确定家里再也没有任何响动后，曾之翊走出了自己的房间，悄悄地走进了书房，打开了电脑。

爸爸的电脑从来都不许他动。他记得有一次自己的电脑一直联不上网，他只好到书房来借用一下爸爸的电脑，可没有想到的是，资料还没有查到，就被爸爸发现给赶了出来。他当时没觉得什么，可现在看来十分可疑。

开了机，屏幕上跳出了密码框。

曾之翊眉头一皱，开始试密码，可一连试了好几串他能想到的数字都没有试出来，他有些泄气了，不知道还有什么样的数字能被爸爸设成密码。

“之翊，你是爸爸的骄傲。你妈妈离开了我，在这个世界上，你就是我最亲最爱的人了。”

他不自觉地想起了爸爸曾对他说过的话，他是爸爸最亲最爱的人，那么，电脑的密码可能是他的生日吗？想了想，曾之翊抱着试试的态度输入了自己的生日数字。

就在曾之翊按下了确定键之后，电脑屏幕突然一转，便进入了“桌面”。他心中一喜，开始点进一个个硬盘找了起来。他的速度极快，看得也很仔细，但一路看下来，他在文件夹里看到的都是一些有关学校的一系列资料，完全没有任何可疑的地方。难道真的是他想多了吗？

就在曾之翊找得有些不耐烦的时候，他用鼠标点进了一个未命名的文件夹，文件夹里存放着一段视频，文件的图像上显示的好像是视频里的个别画面，让他觉得十分可疑。没多想什么，他点开视频播放起来。然而当他看到视频里的面画时，他全身都僵住了。

视频里，他的爸爸曾博源正将一个女人按在书桌上，他的脸上带着淫笑，那女人的表情十分不愿意，好像在强忍着。

看到这些画面的曾之翊已经不知道要怎么办了，正想着要不要关上的时候，视频里却传出了这样的声音——

“曾校长，你说话算话，我答应了你的条件，你也要答应我让我女儿小沫回学校上课。”

小沫？

黎羽沫！

不知怎的，曾之翊想到这个名字，而紧接着的话就证实了他的想法。

“当然了，黎羽沫真是好福气，有你这个好妈妈为了她牺牲自己。”

曾之翊按着鼠标的手渐渐握紧了，不敢再继续往下看，他已经18岁了，不需要多想，也能知道接下来会发生什么样的事情。他从来都没有想过从小到大引以为傲的爸爸居然是这样的人，会对黎羽沫的妈妈做出这样的事，甚至还将这一切都录了下来。眼前所看到的这一切就像看不见的大石块狠狠地砸中了他的心脏，让他痛得喘不过气来。

她应该是知道的吧。

就是因为知道，所以才会在重新返校之后对他做出种种事情，丝毫不放过他……

再也无法去思考些什么，曾之翊关了电脑，飞快地离开了书房。这个时候，他满脑子想的都是黎羽沫，他要见到她，现在！

天色已经暗了下来，淅淅沥沥地下着雨，黎羽沫打着伞从超市买了东西回家，刚走进院子，就看到了自家门前站着一个黑黑的身影。因为背着灯光，她看不清是谁。

曾之翊站在雨中，全身已经淋湿了，雨水顺着他的脸颊缓缓滑下，一直滑进了他的衣服里，一片冰凉，可再凉也凉不过他此时的心。听到有脚步声从身后传来，他的身体一颤，下意识地转过身。

借着昏黄的路灯，黎羽沫看清了他的面容，脚步无声无息地停下，她皱着眉头问道：“曾之翊，你现在来这里做什么？”

曾之翊抬起头望着她，雨水让他睁不开眼睛，他朝她缓缓走近一步，低声说道：“黎羽沫，你一定很恨我，很恨我爸爸，对吧？”

黎羽沫微微一愣，她怎么也没有想到他一开口就说出这样的话，他是什么意思？他怎么会知道她恨他爸爸？难道他知道了什么吗？

想到这里，她的呼吸一顿，后退了一步："你……"

"我知道了，我什么都知道了。"曾之翊惨淡一笑，在黎羽沫的目光下，缓缓地跪了下去，"对不起，黎羽沫，我知道得太晚了，对不起，真的对不起……"

他低下头，声音沙哑地向她道歉，每一个字就像敲打在她的心上一般，狠狠地发疼。

不知不觉中，黎羽沫已经泪流满面，只能用力咬着自己的嘴唇，不让自己颤抖得太厉害，那些被试图封存起来的记忆也接踵而来。

她永远也忘不了那天妈妈是以怎样卑微的姿态在请求他的爸爸，可再多的痛苦与难过也抵不过此刻一切都被揭开，那是一条看不见的河流，在他们还来不及反应的时候，横在了两个人的中间，让他们自此再也无法碰到彼此。

04 

曾之翊带着黎羽沫去了曾经就读的学校。

这个时候，学校里已经没有几个人了，三年级的教室里透出来的光不足以照亮整个操场。走进学校，那些还没有离开的男生女生都忍不住看了他们好几眼，只有黎羽沫还恍然未觉。

她不知道曾之翊为什么要带她来这里，是在怀念过去，还是在戳旧伤疤？

曾之翊牵着黎羽沫来到水池边，在这里，他们有十分深刻的记忆。

他第一次正视这个女生时，也是在这里。那个时候，她莫名其妙地抢了他的复习笔记，还将它撕碎了扔进这个水池里，他虽生气，但良好的教养让他不与女生计

较，并在她离开之后跳进了凉凉的水池里打捞起残破不堪的笔记本。还有一次，是他代替凌霜霜向她道歉，为了求得她的原谅，他不惜跳进了水池里，晚上的水温低得只有几度，那冰冷刺骨的感觉，他犹记在心。

“带我来这里做什么？”黎羽沫借着微弱的灯光望向曾之翊，被夜色笼罩的他仿佛蒙上了一层看不清的迷雾，让她看不透他在想些什么。

曾之翊转过身面对着她，轻轻一笑，低声说道：“从哪里开始，就在哪里结束。”

结束？

黎羽沫在心里默默地念着这两个字，不知道为什么很不是滋味，她轻轻地说道：“曾之翊，你难道不知道我们是不能在一起的吗？”

曾之翊身体一僵，没有说话。

“我很谢谢你，是你让我知道什么是喜欢，也是你教会我应该怎样去喜欢一个人。但是喜欢一个人有时候也是一件致命的事情，它会让我受伤、让你受伤，甚至影响到我们身边的朋友和亲人。”黎羽沫静静地说着，声音几乎细不可闻，“如果不是我们，那件事情就不会发生，也许现在一切又会不一样了。可是，无论如何都不可能回到从前。”

他知道，她是在向他告别。

听着她的声音，曾之翊有一种无法呼吸的感觉，胸口传来一阵阵痛楚。

“或许当初我不那么怨恨，不那么不甘心，就不会和你有任何交集了。我会平平淡淡地读完高三，努力考个大学，然后和一直陪在我身边的楚桥在一起……”说到这里，黎羽沫失声笑了笑，缓步走到水池边坐下，“曾之翊，你说我从来都不曾认识过你，该有多好呢？”

“可我从不后悔认识你、喜欢你，即使最后是那样的结局。”曾之翊一字一句地说道，并且走向她，“在这里，我第一次真正地认识你，知道你黎羽沫这个人，也见识到了你的尖锐与不可理喻。我当时想，怎么会有你这样不讲道理的女生，可是后来我才渐渐发现，你并不是这样的。在知道你会那么对待我的原因之后，我心疼你，回过神来，我发现自己所有的心思都已经在你的身上了，我喜欢上你了。”

“是，年少时的喜欢，那也许不是爱，可是这7年里，我没有一天不在想你，我想念你尖锐的时候，也心疼你脆弱的时候。回国之前，我一直在想，我要找到你，回到你的身边，我要对你说，我从未忘记过你。”

“可我已经不是当初的我了，曾之翊，你别再执着了。”黎羽沫仰头望着他，她听着他说出来的话，心里不是没有起波澜。只是有再大的波澜，也不过是一瞬间的事，现在的他们早已不是当年的他们，已经回不去了。

“你说得对，我不应该再执着地去寻找过去的你。”曾之翊轻轻一笑，墨色的眸子望进了她明亮的眼中，一字一句地说道，“黎羽沫，我们分手吧。”

分手了，便能将所有的一切都归零。

分手了，也就会有新的开始。

“好啊，我们分手。”黎羽沫的眼中蓦地泛起了泪光，她用力地深吸了一口气，闭上了眼睛，唇边有浅浅的笑意，“曾之翊，从现在开始，我们不再是彼此的。”

过去所有的牵绊在这句话说出口之后就结束了，曾之翊，分手后的我们只是同学，只是旧识，只是同事，却已经不再是恋人。

黑影悄然接近。

陌生而熟悉的触感让黎羽沫全身都僵住，却又不敢睁开眼睛去看，因为她突然

发现自己是这样贪恋属于年少时期的浪漫与温柔。

曾之翊俯下身吻着她，只是用他的唇压着她的唇，再也没有其他的动作。这样持续了许久，他才重新站起来，低下头盯着依然闭着眼睛的黎羽沫，然后微笑道：“黎羽沫，谢谢你曾喜欢过我。”

黎羽沫睁开了眼睛，眼神一暗，然后“唰”的一下站起来，毫不犹豫地挥手给了他一个耳光，在这个夜晚显得十分响亮。

曾之翊被这一耳光打得有些蒙了，但下一刻，便看到黎羽沫冲他笑了笑，这笑容妖娆得像月光女神。那个时候，他也是这样，在她毫无准备的时候亲了她，她醒悟过来之后便甩了他一巴掌，气冲冲地离开了。

时光远逝，而她还在。

这样便不负他远渡重洋回来寻她。

05 

回去的途中谁也没有说话。

曾之翊将黎羽沫送回了家，她安静地下车，他安静地离开，一个向左，一个向右，就像两条背道而驰的射线，永远都不会有交错的时候。

她不知道他们这样算什么，也不知道以后他会怎么对她，至少这一天，这一刻，他们已经分手，成为陌路。

黎羽沫站在家门口掏钥匙，找遍了包都没有找到，这才意识到自己又将东西落在了办公室，不由得暗自懊恼。想起楚桥好像说过晚上会来找她，她才松了一口气。幸好她放了一套钥匙在他那里，否则她岂不是要露宿在外面了？

还不到晚上10点，黎羽沫觉得有些累了，坐在家门口的台阶上，头倚靠在墙壁上，闭上了眼睛，手却慢慢地抚上自己的唇。

刚才他吻了她，就像当年那样，青涩而温柔。女生对自己初吻的印象总是略微深刻一些，就像刻进了骨头里一般，想忘也忘不了。

那时他们还没有正式确定关系，只是因为那一晚发生的事情之后关系好转了，她不再想着法子整他了。她知道他与他爸爸曾博源是不一样的，他的那一跪，让她整颗心都软了，心里的那一丝仇恨也淡了。

而那天之后，曾之翊也总是有意无意地出现在她的身边，为了给她补习功课，常常把自己的时间都空出来全部用来教她，最后连晚上的自习也不在教室里上了，拉着她一起坐在空无一人的图书馆里复习。

“这里是二考的时候必考的题目，你只要把这边的题目都做对了，二考一定能考个好分数。”坐在角落里的曾之翊用笔圈出了复习资料上的一大片内容，对有些漫不经心的黎羽沫说道。

黎羽沫淡淡地瞥了一眼，不满地说道：“大晚上的，你不好好待在你自己的教室，约我到这里来做什么？”

曾之翊不理会她，继续说道：“我看过你做的题目，我觉得你还是很聪明的，有些很难的题目你都能解出来。像这样只需要记住公式就能解答的题目，对你来说应该没有什么问题。”

“曾之翊，你是闲得慌吗？”

“离高考还有几个月的时间，只要你努力学习，再加上我每天这样帮你复习，以你聪明的脑子，不考上大学都难。只要你不再去玩，多花一点儿心思在学习上就可以了。”曾之翊依旧絮絮叨叨地说着，黎羽沫听得有些烦了。

“有事没事就来督促我的学习，曾之翊，你学习成绩好，不需要花太多的时

间就算了，现在居然连晚自习的时候都不放过我，特意叫我出来，还将我带到了这里。你看看，这里一个人也没有，你又不是老师，我也不是你的学生，干吗白天晚上都来训我？”黎羽沫越说越激动，眼睛也瞪得格外圆，“还有，你不是好学生吗？你晚上不好好地待在教室里自习，居然还敢跑来这里，若是被老师发现了怎么了？你仗着自己是校长的儿子就可以为所欲为了吗？曾之翊，我以前是小看你了，你根本不是什么乖学生，你说不定比我还要叛逆。”

“说完了没有？”曾之翊微笑地望着她。

“暂时就这些。”黎羽沫又白了他一眼，然后转过头。

“口渴吗？”曾之翊又问。

黎羽沫立刻用看白痴一样的眼神看着他：“要是你说这么多话，看你渴不渴！”

曾之翊笑了，然后像变魔术似的拿出了一瓶矿泉水放在桌上。

这是给她的吗？

黎羽沫想也没想就伸手抢过了那瓶矿泉水，拧开盖子大口地喝起来，十分没有形象。算他有先见之明，还知道带瓶水给她。

曾之翊看着黎羽沫的模样，一下子呆住了，拿着第二瓶水的手也僵在了半空中。见她喝完，他才低声提醒她：“黎羽沫，你喝的那瓶是我的，我手里拿的这瓶才是给你的。”

什么？

她喝的这瓶水是他的？

“你的？”黎羽沫握紧了矿泉水瓶，脸色略微有些难看，艰难地问他，“你……喝过的？”

曾之翊点了点头，又提醒她道：“我喝了一小口。”

黎羽沫的脸色更加难看了，咬着牙瞪着曾之翊：“你怎么不早点儿说？刚才怎么不告诉我这是你的？还有，你怎么不先拿出给我的那瓶，却先拿你自己喝过的给我？”

她喝了他喝过的水，这么说她刚才是和他间接接吻了？

这未免也太尴尬了吧？

“我还没有来得及跟你说，你就已经喝了……”曾之翊小声地解释着，目光却有意无意地落在了她的唇上，脸颊渐渐泛起了一股燥热。

“你……”

黎羽沫被他气得说不出话来，重重地将水瓶往桌上一放，从曾之翊那里抢过复习资料，低下头便做了起来。

气氛一下子安静下来，隐约能听到两个人渐渐变得有些急促的呼吸声。

黎羽沫看着密密麻麻的文字，越看越烦躁，最后将手里的笔一扔，趴在桌上发起呆来。

曾之翊的心情也没有静下来，他总是会不自觉地望向她，可一望向她，他的心跳就乱了，让他控制不住。

“你不会做吗？”他低低地问了一句。

“要你管！”黎羽沫看也不看他。

“不然我再给你讲讲吧。”说着，曾之翊就伸手去拿复习资料。

黎羽沫还是不理会他，望向窗外。

看着她这副样子，曾之翊有些乱的心突然平静下来，他叹了一口气，从对面的位子转移到她身旁的位子上，也不管她听不听，便开始细细地讲了起来：“这道题

其实挺简单的，你看，只需要先算出前面这个问题的答案，后面的结果很容易就能得出来。”

他不觉得自己很烦吗？他难道没看出来她现在一点儿也不想做题，也不想听他说话吗？

黎羽沫闭上眼睛，还用双手捂住了耳朵。

可曾之翊像没有看到她的动作一样，继续说道：“黎羽沫，要不是为了多挤出一点儿时间帮你复习，我也不会和老师说教室里太吵，想一个人来这里复习了，你就忍心看着我的时间这么浪费掉吗？”顿了顿，他又说，“刚才那瓶水我也只是喝了一小口而已，我很爱干净的，也没有感冒，你不用像碰到了什么有毒的东西一样吧？还是你觉得你喝了我喝过的水，就是在和我间接接吻？”

“才不是！”黎羽沫猛地坐了起来，有些倔强地回答道，“我才没有这么想。”

“你就有。”曾之翊笃定地说道，“不然你这样是怎么回事？”

“你……”

黎羽沫被他问得说不出一句话来，她就是像他说的那样，也是因为那样才会觉得尴尬，不知道要怎么面对他。

“这根本不是什么接吻。”

“怎么不是？那可是你喝过的矿泉水瓶，我又不小心喝……”黎羽沫被他激得将心里的话说了出来，可她的话还没有说完，曾之翊的俊脸就在她的眼前无限放大。他的一只手轻抚在她的后脑勺上，柔软的唇也轻轻地吻在她的唇上，一双眼睛亮得惊人。

这一幕发生得太快了，让黎羽沫有些反应不过来，只能听到自己越来越快的心跳声。

半晌之后，曾之翊放开了她。

“这才叫接吻，懂了吗？”他轻声说道。

接吻……接吻……接吻……

他刚才居然真的吻了她！他怎么敢？亲完了她，还敢说教她，真是嚣张！

黎羽沫想也没想，扬手就朝曾之翊的左脸挥去。

“啪”的一声，曾之翊的脸被打得偏了过去。等到他回过神来的时候，黎羽沫已经飞快地消失在他的视线中了。

06 

楚桥来的时候已经快11点了，楼道里的灯光很暗，他站在台阶下看到了闭着眼睛倚着墙的黎羽沫，只以为她睡着了，顿时大惊，连忙三两步跳上台阶叫她：“羽沫，羽沫？”

黎羽沫根本没有睡着，她迷迷糊糊地睁开眼睛，看清了眼前的人时，才跌跌撞撞地扶着墙壁站起来：“你来了啊，酒会还顺利吗？有没有让你的秘书和你一起去？”

楚桥没有回答她的话，而是伸出手扶她站起来，眉头皱得紧紧的，声音里满是担忧：“你怎么睡在这里？干吗不进门？你的感冒还没好，怎么这么不会照顾自己？”

“哦……”黎羽沫的意识渐渐清醒，连忙向他解释，“你别担心，我没事。我就是出门忘记带钥匙了，但我想到你说了晚上要来的，所以就在门口等你。”

“你就不会打电话给我吗？”楚桥有些生气，音量也不自觉地提高了几分。

“你不是在参加商业酒会吗？一定有事情要谈，我也不方便打扰你。再说了，我也没有等多久。”

她总是有理由拒绝他。

不管是什么事情，能不找他就尽量不找他，就像他是她世界之外的人。楚桥的心，也因为她有意无意筑成的冰城而渐渐变得不知道什么是温暖了。

“你总是这样。”楚桥叹了一口气，又将手按在她的额头上，确定没事，才掏出钥匙开了门，扶着她到客厅的沙发上坐下，对她说道，“羽沫，也许有些话你已经从我这里听过无数遍了，或许连我自己也不知道对你说过多少次了，但我还是要重复一遍。我希望你不管遇到什么难以解决的事情，都要马上通知我，别去想我在做什么，现在你的身边除了我，再也没有别人了。你不找我，还能找谁？”

还能找谁？

还有谁？

黎羽沫惨然一笑，侧过头望着他，点了点头，轻声说道：“楚桥，我还没吃饭呢，有点儿饿了。”

楚桥看了看手表，说道：“这个点外面的店子都快关门了，我去看看厨房里有什么。”

说完，他起身往厨房走去。

十几分钟后，楚桥端着一碗蛋炒饭出来，疑惑地问她：“你平常好像不怎么在家里做饭，食材怎么备得这么齐全？”

黎羽沫微微一愣，这才想起前天曾之翊来这里给她做了一顿饭，那些食材可能是他买的，但这样的话她要怎么说出来呢？

想了想，她回答道：“我不是感冒在家休息吗，就去超市买了一点儿东西回来做。”

楚桥看着脸色有些不自然的黎羽沫，也没有再多问，只关切地叮嘱她道：“既然感冒了，就多休息，看你的样子，今天是去公司上班了吧？”

“嗯。”黎羽沫一边吃蛋炒饭一边含糊地回答着。

“别不把自己的身体当回事，工作重要，但身体更重要。”楚桥叹了一口气，“我看着你这样子，都为你着急。”

“我没事。”

“你以为我不知道吗？”楚桥的声音变得有些低沉，眉目间隐隐有些怒气，“无论是对谁，你总是说自己没事，用坚硬的外壳把自己包围起来，谁都无法靠近你，进入你的内心。就连我和你这么多年的交情，也无法真的走进你的世界，羽沫，难道你以后只想着一个人吗？一点儿也不考虑我吗？”

灯光下，楚桥的脸被镀上了一层淡淡的白光，英俊的面容因为他脸上认真的表情显得格外严肃。这么多年以来，他也不止一次地向她提起过，只是每一次她都以自己过得很好为借口拒绝了他，而现在，曾之翊出现了，他不愿再等。他怕自己再这样等下去，就会失去机会。他知道她的心里从来都没有放下过，不然这几年怎么从来都不曾提过曾之翊的名字？

等了良久，黎羽沫都没有回答他。

楚桥心里已经知道了她的答案，但还是追问道：“因为曾之翊回来，你又要拒绝我吗？”

“不是，跟他没关系。”黎羽沫想也没想，立刻回答道，“楚桥，你应该知道的，我和他已经结束了。”

“真的已经结束了吗？羽沫，你有没有骗我？”楚桥并不相信她所说的话，

“还是你们会重新开始？”

“不是你想的这样！”不知道哪里来的怒火，黎羽沫从沙发上站起来，声音也比刚才大了许多，意识到自己失态后，她立刻转过身背对着楚桥，低声向他道歉：“对不起，楚桥，我不应该这么大声地和你说话。”

楚桥苦笑一声，明明知道她不会同意，却依然不放弃地说道：“既然不是，那你现在就答应我，和我在一起，让我照顾你，从今以后也不要再和曾之翊有任何牵扯。”

第五话
CHAPTER
05
水晶
YOUR
FIREWORKS,
MY HEAVEN

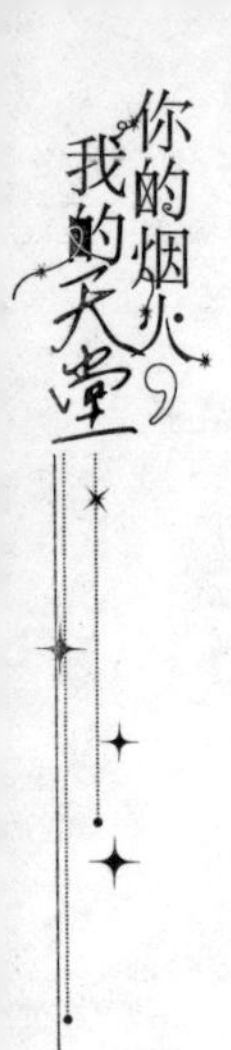

我们都曾自私过，同样，也为这样的自私付出了代价。

01

“为什么你一定要逼我呢，楚桥？”黎羽沫幽幽地叹了一口气，眼神哀怨地望着楚桥。

曾之翊逼她，楚桥也来逼她。

他们能不能就此放过她呢？

楚桥的身体猛地颤抖了一下，他有些难以置信地望着黎羽沫，一颗心就像被一块密不透风的布死死地捂住，让他难受得有些喘不过气来。

“羽沫……”

黎羽沫咬着唇，转过头说道：“楚桥，你先走吧。”

“羽沫，我不是想逼你，我只是……”

黎羽沫不想再听到楚桥的声音，心里涌出的烦躁感让她根本静不下心来：“你不走，那我走。”

说完，她就像一阵风似的打开门跑了出去，毫不理会从身后传来的叫唤声。

她脚步不停地跑下楼，脑海里闪过的全是曾之翊与楚桥的面容，她的太阳穴也忍不住一阵阵发疼。

为什么都要来逼她？

让她一个人静静地生活不好吗？

她不想爱，不敢爱，难道他们都不知道她根本没有资格再去爱上任何一个人了吗？

爱一个人的代价，她真的负担不起。

小区里的灯光忽明忽暗，黎羽沫觉得眼前也是一片迷蒙暗淡，可再暗淡，她还是看清了那辆停下自家楼下的车。

那是曾之翊的车。

几乎是一秒钟的时间，黎羽沫转身躲进了楼梯间那个阴暗的角落里，身体也在这一刻僵硬得无法动弹。

他不是走了吗？怎么又回来了？

而这时，一阵急促的脚步声从楼上传过来。

黎羽沫缩了缩身体，往角落里躲去，她不想被任何人找到。

这样想着，她闭上了眼睛，将一口凉气深深地吸进了肺腑，剧烈的心跳这才渐渐变得平缓下来。

可是下一刻，一个声音又让她的心提了起来。

“楚桥？”曾之翊的声音里透着一丝意外，但下一刻便换上了轻松的表情，“真是好久不见。”

楚桥也很意外在这里看到曾之翊，但不想和他多说什么，只是皱着眉头问他：“看到羽沫了吗？”

“羽沫怎么了？”几乎是楚桥话音落下的同时，曾之翊便反问道。

楚桥见他一脸错愕，明白他没有看到黎羽沫，看来她是躲在了什么地方，不想让他找到，这样想着，他的心微微下沉，只回了曾之翊一句：“没事。”

曾之翊是一个很敏锐的人，他看着楚桥有些不自然的脸色，隐隐也猜到了。一定是黎羽沫跑出来了，楚桥是下来找她的，而他的车停了好一会儿，都没有看到黎羽沫下来的身影，唯一的可能便是她躲起来了。

是因为逼得太急了吗？

想到这里，曾之翊的呼吸也重了几分，看着楚桥说道：“有没有时间？介不介意和我找个地方好好聊聊？”

楚桥凝视着曾之翊，觉得自己似乎应该和他聊聊了，于是点了点头，径直上了曾之翊的车。

黎羽沫听到车子开走的声音，全身的力气就好像被突然抽空了一般，瘫软地坐在了地上，感觉自己脸上有些凉凉的。她伸手一抹，竟然摸到了满手的眼泪。

黎羽沫，你为什么要哭？

她一边站起来，一边用力擦着脸上的泪水，可是不知道为什么，眼泪越流越多。她愣愣地往楼梯上走去，就像迷路的小孩，看不到前方的路，不知道自己要去哪里，也不知道要怎么办。

也不知道走了多久，她才走到家门口，又茫然地在口袋里掏了半天，但什么也没有找到，这才想起自己跑出来的时候没带钥匙。她自嘲地笑了笑，然后倚着门闭上了眼睛。

她真的累极了。

02 

这是7年后两个人的第一次见面，一个英气，一个清俊，当年的青涩稚嫩已经被时光磨灭了，不管是曾之翊还是楚桥，都比当初更令人注目了。

“听说你回来了，我一直都想找机会和你聊聊，只是一直没有空出时间来，今天倒是碰巧了。”楚桥望着曾之翊，语气十分平淡。

“不巧，我们总会碰到的。”曾之翊从容地说道。

“以前你可不是这样的，我的印象里，你就是一个书呆子形象，现在再看你，差别真的很大。”楚桥端起了面前冒着热气的茶，慢慢地饮下。

“是吗？”曾之翊瞥了他一眼，“你不也一样，现在谁能知道你当初在学校里是一个让所有老师都头疼的问题学生？”

说完，他眯着眼睛笑了笑。

“多年不见，你的嘴上功夫见长，看来在国外的几年也不是白待的。”

“当然，改变的人不止我一个。”曾之翊轻笑道，“你楚桥，还有羽沫，不是都变了吗？”

“既然知道羽沫变了，那你还这样缠着她做什么？”

“砰”的一声，楚桥将手中的杯子重重地放在了面前的玻璃桌上，他也清楚地从碧绿色的茶面上看到了曾之翊略微皱起来的眉头。

曾之翊望着楚桥，也不生气，只道：“这是我的事情，与你无关。”

“曾之翊，你不觉得你太天真了吗？羽沫的事情就是我的事情，你没有插足的这7年里，是我一直陪在羽沫的身边。也许曾经的我在她的心目中比不上你，但现在我相信，在羽沫的心里，我比你重要，况且你们之间隔了一个7年，还有7年前发生的那么多事情。现在站在你面前的羽沫已经不是当年的她了，你觉得她的心里还有你吗？你还有机会吗？”楚桥挑了挑眉毛，十分不客气地对他说道。

气氛也在他话音落下的瞬间变得有些微妙起来。

曾之翊没有说话，修长的手指轻轻地摩挲着光洁的杯面，一双眸子也盯着那碧

绿色的茶水，让对面的人不知道他在想些什么。

楚桥说得没错，他来得这样迟，已经远不如楚桥在她心目中的地位了，只是他怎么可能会因为楚桥的几句话就退缩呢？

他回来是为了找她。

“机会这种东西，从来都是给有准备的人。”曾之翊抬起头望着他，“从我发现她的踪迹之后，走向她身边的每一步的确有些艰难，但是我相信，我能找回她。而你，对她来说也许就是生命中最重要的人，但这个最重要的人不一定就是她心里爱的那个人。”

“她对我的感情不是爱情，是亲情也是好的。”楚桥不甘示弱地说道。

“你不是她，你不知道她在想什么。羽沫是什么样的人，我相信你心里也很清楚，亲情便是亲情，爱情便是爱情，她是不可能因为与你之间有亲情便选择和你在一起的。”曾之翊从容应对，“我想你不知道，羽沫拿你当过挡箭牌，她欺骗我说已经和你在一起了，但我没有相信。7年前，在我还没有进入羽沫的生命中时，你们没有在一起，那么7年后，你们也是不可能在一起的。楚桥，我不会就此放弃。”

他的羽沫是世界上最不愿意将就的人，面对着对她有恩情的楚桥，她可以感恩，但不会用自己的爱情去替代。

“既然你是这么认为的，我想我们没有什么好谈的了。”楚桥的声音渐渐冷了几分，“那我们就试试看，羽沫是会选你，还是会选我。”

“好。”曾之翊敬了楚桥一杯茶，神态自若地站起来，自顾自地招来了服务员埋单，又对楚桥说道，“如果我没有猜错的话，羽沫应该回家了，既然她暂时不想见你，你就不要再回去了。放心，羽沫有我的照顾，不会有事的。”

说完，他便转身离开了。

03

黎羽沫又做梦了。

在梦里，她看到了18岁的自己和19岁的曾之翊在一起，他们的脸上没有悲伤，没有苦痛，没有发生任何不幸的事情，他们一直都在一起，生活得很开心。

看着这样的他们，站在远处的黎羽沫笑得眼泪都流出来了，意识也开始渐渐清晰。而当她从梦境中醒过来的时候，映入眼帘的却是自己房间里简约的天花板和亮着微光的壁灯，而外面微弱的阳光也已经透过窗帘照射进来，显然已经是白天了。

黎羽沫飞快地坐起来，愣愣地看着熟悉的房间，有些回不过神来。她不是没有钥匙吗？为什么现在会在自己的房间醒来？楚桥和曾之翊离开之后又回来了吗？是楚桥把她抱进来的吗？

黎羽沫很疑惑，眉头也微微皱了起来。

而这时，有一阵切东西的“啪啪”声透过房间的门传了过来。

是楚桥吗？

黎羽沫掀开被子跳下床，脚步利落地走出了房间，厨房里那个高大的身影也在这一瞬间闯入了她的视线。

穿着一身干净的白衬衣、系着印花小围裙的人并不是楚桥。

“你……”

话还没有说出口，那人就已经抬起头来，冲她粲然一笑，轻声问道：“醒了？”语气里还有一些说不出来的自然与亲昵。

他为什么会在这里？

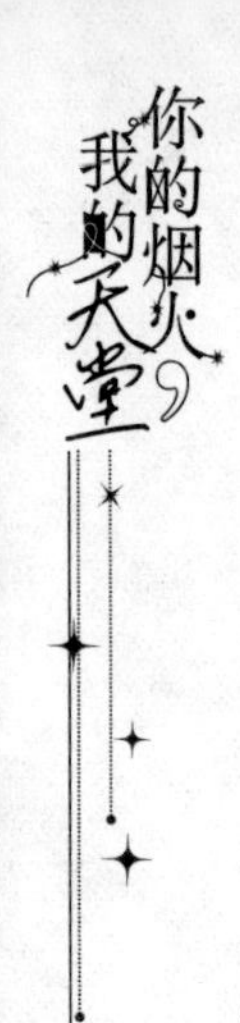

难道他有她家的钥匙？

他不知道这样不请自来真的很让人讨厌吗？

他的温和内敛都去哪里了？

不知道哪里来的怒气，黎羽沫冷着一张脸三两步冲到了曾之翊的面前，怒瞪着他：“曾之翊，你是怎么进来的？”

曾之翊抬起头望着黎羽沫，唇边的笑意灿烂了几分。她本就拥有出色的五官，生气的时候便会更加耀眼夺目，一双眼眸亮得惊人，他也能清晰地在她墨色的眸中看到自己。

他的心为之一软。

终于找到与从前一模一样的地方了，真是不容易啊！

“快去洗漱吧，马上就能吃早饭了。”曾之翊低下头继续做早餐，好像做早餐才是现在最重要的事情。

“回答我！”见他根本不理会她说的话，黎羽沫更气了，“啪”的一声，双手按在了灶台上，近距离地瞪着曾之翊。

曾之翊看了她一眼，突然瞥见了她白净的脸颊上粘了一根细细的绒毛，想也没想就向她伸出手。

黎羽沫不知道曾之翊想做什么，在他的手伸过来的瞬间便向后躲去，一脸警惕地瞪着他：“你要做什么？”

曾之翊又是一笑，另一只手已经更快地拉住了她的手臂，将她朝他的胸膛这边拉近，然后才将她脸颊上的那根绒毛拿了下来：“只是想帮你拿一下这个。给你5分钟，洗漱完了我就告诉你你想知道的。”

说完，他洗了洗手，端着自己精心准备的早餐绕开她，径直走向了餐桌，姿态从容不迫，就好像在他的家里一般。

这明明就是她的家！他不仅没有当客人的自觉，居然还敢命令她！

黎羽沫看着他高大的身影，气得鼓起了腮帮子，然后哼了一声，大步走进洗手间，重重地关上了门。

曾之翊下意识地望向洗手间的方向，微微一笑。

怎么觉得……她还是这么可爱呢？

可爱到让他放不下。

黎羽沫足足在洗手间里待了10分钟才慢悠悠地走出来，刚坐在餐桌边，对面的曾之翊就漫不经心地扔了一把钥匙过来。

“什么意思？”黎羽沫看了看桌上闪着银光的钥匙，眉头一皱。

“昨天晚上我发现你睡在家门口，我没有钥匙，没办法开门，只好找了开锁的师傅过来，也顺便把锁换了一个新的，这是钥匙。”

他居然自作主张换掉了她家里的锁？

黎羽沫抓住钥匙，瞪大眼睛质问他：“新锁不会只有一把钥匙，还有呢？”

“为避免你以后还会遗落钥匙，所以我自备了一把。”曾之翊很老实地回答道，唇边含着浅浅的笑意，说不出来的俊朗潇洒、温和优雅。

“给我！”黎羽沫向他伸出手。

“我是为你好。”

“给我！”

“放一把在我这里比较安全。”

什么比较安全？

有了她家里的钥匙，他以后不是想来就来了吗？

这样完全不行！

想着，黎羽沫眯起了眼睛，咬了咬唇，下一秒便飞快地站起来扑向了曾之翊，不管不顾地朝他的口袋搜去。

曾之翊完全没有想到黎羽沫会突然这样，一时间有些措手不及。

黎羽沫也没有多想，她的目的只是要找到钥匙。

曾之翊已经反应过来，明白了她想要做什么，仗着自己力气大，三两下就抓住了她的双手，将她牢牢地箍在怀里，冲她邪邪地笑着。

“羽沫，虽然我不排斥你投怀送抱，但是你总得提前告诉我，让我有点儿准备啊……”

温热的气息吐在她的脸颊边，有种说不出来的酥麻感，黎羽沫忍不住僵了一下，一股燥热感也从心底涌了上来，小脸也“腾”地一下红了。

他怎么敢说出这样的话来？这还是她认识的那个曾之翊吗？

“谁投怀送抱了？曾之翊，你的脸皮怎么比墙壁还要厚？”黎羽沫咬着牙齿倔强地顶了回去，眼角的余光瞥到了他的脚，想也没想就用力踩了过去。

可哪知道曾之翊好像早就知道了一般，脚一缩躲过了，同时也放开了她，笑道：“钥匙……我是不会给你的。”

黎羽沫一脚踩空，因为用的力气太大了，脚底也有些麻，但曾之翊的话让她气得不知道应该怎么办了，有股委屈的感觉从心底涌了上来。她瞪着他，十分不客气地大声说道：“曾之翊，你到底想怎样？”

“吃早餐。”曾之翊根本不理会生气的黎羽沫，又重新坐回椅子上，津津有味地吃着早餐，姿态漫不经心，好像刚才什么事情也没有发生一样。

好！

他真行！

不给钥匙也可以，一会儿把他赶走了，她再换一个锁不就可以了吗？

黎羽沫在心里想着，转身一屁股坐回自己的位子，低下头吃早餐，咬得十分用力，就好像在咬着曾之翊一般。

“我知道你在想什么，你在想等我走了就重新换一个锁，对不对？”曾之翊抬起头看了黎羽沫一眼。

黎羽沫的心里咯噔一下。

“羽沫，我劝你最好打消这个念头。”曾之翊眼里含笑地说道，“如果你真的这样做了，可能会造成无休止的后果。”

什么无休止的后果？

他怎么敢这么嚣张？

她不知道，眼前的这个曾之翊早已不是她当初认识的那个人了。

“曾之翊，你别太过分了！”黎羽沫咬着牙愤愤地说道，“我家不是你随随便便就能来的地方！”

“我想做的事情，你阻止不了。”曾之翊挑了挑眉毛，十分认真地说道，又见黎羽沫面前的盘子已经空了，一言不发地开始收拾起来。不过一会儿的时间，就有一阵哗啦啦的水声传入了耳中。

黎羽沫没有回头也知道曾之翊在做什么，但她现在已经不能再忍受这个人在她的眼前晃来晃去了。她怕自己会气到无法呼吸，而那种不自在的感觉让她觉得怪异。

这算什么？

他们两个人已经再也不可能在一起了，不应该这样频繁地接触的。

到底她要怎样才能将这个人推得远远的？

身后的水声渐渐停止了。

黎羽沫回过头，神色冷淡地说道：“曾之翊，你可以走了吗？”

“走？去哪里？”曾之翊轻声笑道，“今天是周末，你也不用上班，而且你现在还是个病人，需要照顾。我看外面的天气不错，我们出去散散步吧，而且家里的食材也不多了，顺便去附近的超市买一些。”

“曾之翊！”黎羽沫加重了语气。

“快去换衣服。”

“你能不能不要这样？我们已经分手了！”黎羽沫闭上眼睛，大声说道。

“那又如何？”曾之翊挑眉微笑，“对我来说，根本没有任何影响。羽沫，你找借口不肯换衣服，是不是需要我帮你？”

黎羽沫“腾”地一下站了起来，狠狠地瞪了曾之翊一眼，然后往自己的房间大步走去。

算你狠！

曾之翊望着她纤瘦的背影，不自觉地抬起手摸了摸下巴。他觉得黎羽沫太瘦了，一会儿去超市要买点儿好菜给她补一补。

04 

周末的天气很好。

阳光灿烂。

小区里有不少老人带着自家的小孩子在花园里玩耍，小区中央的喷泉池里水花四溅，在阳光下仿佛折射着七彩的光芒，美丽得有些炫目。

黎羽沫穿了一身休闲家居服，跟着曾之翊走了出来，她看着他高大英挺的背影，默默地咬了一下唇。不管怎么样，一会儿她一定不能再让曾之翊进她家的门了。

“小黎，你男朋友长得好帅哦！”

带着方言的熟悉声音传入了黎羽沫的耳中，她闻声望去，见是住在她家楼上的徐阿姨带着自家只有一岁的小孙子在花园里散步，那一脸的笑容格外亲切。

只是说出来的话似乎不那么亲切。

“徐阿姨，他……”

黎羽沫的话还没有说完，曾之翊的声音就突兀地响起来，他甚至还伸出手揽住黎羽沫的肩膀，笑得十分温雅有礼：“阿姨好，我叫曾之翊。”

“好，好！”徐阿姨笑得眼睛都眯了起来，又上上下下打量着黎羽沫和曾之翊，“啧啧，长得真好看，小黎，你眼光不错。”

“他不……”

“羽沫的眼光的确不错。”曾之翊又抢了她的话，“徐阿姨，羽沫她之前一定给您添了不少麻烦吧，希望您不要介意，她就是这么一个喜欢惹麻烦的人。”说着，他的唇边还浮现出了一丝宠溺的笑意。

“不麻烦，不麻烦，都是小黎帮我，哪……”

再聊下去是不是会没完没了？

“徐阿姨，我还有事，就不跟您多聊了。”黎羽沫礼貌一笑，轻轻挣脱开曾之翊的手，看也不看他一眼，转身就走。

曾之翊愣了一下，向徐阿姨告别之后立刻追了上来。

一直走到人比较少的地方，黎羽沫才停下脚步，回头瞪着曾之翊，声音说不出

的冷硬：“曾之翊，你知不知道你这样让我很烦恼？”

“羽沫。”

“你是我的谁？你不过是我在年少不懂事的时候一不小心喜欢过的人，该说的告别也已经说了，我们都早已不是当初的我们了，你何必再这样逼我呢？”

“羽沫。”曾之翊再次叫道。

“你别再这样了！”黎羽沫盯着他的眼睛，心乱如麻，“就算我求你了，好吗？”

他到底想要她怎么样？

她不想说出那些伤人的话来伤害他，她只想回到他还没有出现时的日子，安安静静地一个人生活。

曾之翊看着黎羽沫，瞳孔缩了缩。他走到她的面前，下意识地抬起右手想去抓她的手，可是下一刻，黎羽沫却毫不犹豫地转身跑开了。

这已经是他第几次看她的背影了？

她就这么想逃离他，不想再接近他吗？

是，她说得没错，他们都已经不再是当初的他们。她甚至已经没有了曾经那肆意张扬的做派了，取而代之的是一颗被紧紧包住了的心。而他也退去了青涩内敛的外表，成为了她眼中有些厚脸皮的人，可她不知道的是，若不厚脸皮一些，他哪里还有再抓住她的机会。

昨晚与楚桥意外相遇，他对楚桥说，他并不会就此放弃。

楚桥对此嗤之以鼻，嘲笑他太天真了。

他知道在没有他的这些年里，是楚桥一直陪在她的身边，他应该觉得庆幸的。然而只要一想到这些，他的心里就会涌出疯狂的嫉妒，完全无法控制。当年发生那样的事情之后，他再没有办法面对她，可当他意识过来要找她的时候，她就像人间蒸发了一般，失去了踪迹，而同时失踪的还有楚桥。

没有人知道他们去了哪里。

7年之后，他意外地在一家时尚杂志上看到了一篇关于她的报道。当时的他就像疯了一般狂笑不止，毫不迟疑地买了回国的机票，安排好一切之后，出现在她的面前。

他再也不会让她逃开了。

哪怕抛弃所有的原则与矜持。

05 

黎羽沫一直在外面逛到下午才回来，原以为不会再看见曾之翊了，却没有想到打开门的瞬间，那人坐在窗台上看书的悠闲身影映入了她的眼帘。

也许是那画面太过美好了，她移不开视线，但很快，取而代之的是“他居然还没有离开”的恼怒。

站在门口，黎羽沫飞快地掏出了手机，打通了物业管理的电话，说出的每一个字都清晰无比，生怕坐在那里镇定自若的男人听不见。只是那人捧着书一直含笑地望着她，一点儿都不见慌乱，只等她挂断了电话才说道：“羽沫，你是故意的。”

“是啊。”黎羽沫面无表情，双手抱胸倚在门边，姿态说不出来的美丽。

“你以为用这样的方法就能将我赶走吗？”曾之翊合上书，目光落在她的脸上，“羽沫，如果我不想走，没有人能赶我走。不过，我一点儿也不介意陪你玩一场游戏，只要你高兴。”

黎羽沫别过脸轻哼了一声。

她倒要看看等小区的保安来了，他还能不能像现在这样自信。

保安来得很快。

两人一见到黎羽沫，立刻换上了一脸讨好的笑容：“黎小姐，您打电话说有陌生人闯进了您家里不肯走，您放心，不管用什么方法，我们都会让他从您眼前消失的。”

黎羽沫不喜欢他们盯她的眼神，皱了皱眉头，指向了站在客厅里望着他们的曾之翊，说道：“麻烦你们把他请出去。”

“好的。”两名保安立刻冲进了客厅，十分不客气地去抓曾之翊，“看你长得人模人样的，居然敢上门骚扰我们这里的住户黎小姐，如果你不乖乖离开，就别怪我们不客气了！”

曾之翊一个闪身躲过了他们。

“哎哟，还敢躲！”两名保安再次抓了过去。

曾之翊哪里会让他们轻易抓到，他抬起头看向了倚在门边看好戏的黎羽沫，无奈地叹了一口气，说道：“我是黎小姐的男朋友，我和她闹别扭了，她一时生气就打电话给你们物业想赶我离开。不过，我觉得你们应该没资格管我和我女朋友的事吧？”

两名保安微微一愣，你看看我，我看看你，又一致地望向了黎羽沫，向她寻求答案。

黎羽沫没有想到他会这么说，心里一慌，皱着眉头大声说道：“你们别听他胡说，我根本不认识这个人！”

保安望向曾之翊。

“我女朋友每次生气的时候都会说不认识我。”曾之翊摊了摊手，又宠溺似的对黎羽沫说道，“宝贝，别闹了好不好？让外人看笑话了！”

保安又望向黎羽沫。

“谁是你的宝贝？”黎羽沫怒了，忍不住叫了他的名字，“曾之翊，你再这样，我就直接打110了！”

太可恶了！

“看到了吧，她是认识我的，她还知道我的名字。”曾之翊狡黠地勾起唇角，全然是一副得意扬扬的样子，好像能把黎羽沫气到是一件很值得骄傲的事情。

两名保安这下谁也不看了，两个人小声地打起了商量。

“我看这事一定是他们小两口闹别扭！”

“我也觉得是，这位先生长得这么一表人才，和黎小姐挺般配的，我看他也不像什么坏人。”

“嗯嗯……”

就在这个时候，之前在小花园里遇到的徐阿姨带着自家的小孙子上楼了，看到黎羽沫这边的情况，忍不住好奇地走上前来：“小黎，发生什么事情了吗？”说着，又看了看那两名保安。

曾之翊看到徐阿姨，唇边的笑意立刻更深了，半打趣半告状似的答道：“徐阿姨，没事，就是羽沫和我闹了点儿小别扭，动静大了点儿。”

“哦……”徐阿姨立刻心领神会，像自家长辈一样开始数落黎羽沫，“小黎啊，小两口闹闹别扭是很正常的事情，可再怎么样也不应该惊动外人看笑话不是吗？而且，看小曾的样子也是个心宽的，一定会包容你，有这么优秀的男朋友，阿姨都为你高兴。听阿姨的，别闹了，好好过日子。”

黎羽沫不知道能说什么了，而客厅里的曾之翊也笑得更加灿烂了，还冲她挑了挑眉毛，那模样真是要多可恶就有多可恶。

“徐阿姨，是我不好，惹羽沫生气了，您别说她了。”说着，曾之翊就变成了一个主动承认错误的好男人。

这下，两名保安终于确定了他们的关系，连忙就刚才的行为向曾之翊赔礼道歉，连说带笑着离开了。徐阿姨见情况好转，又叮嘱了黎羽沫两句，才带着自家乖巧的小孙子上楼去了。

黎羽沫没有想到事情最后会是这样，好像全世界的人都在帮着曾之翊一般，没有人站在她这边为她说话，她觉得很委屈。曾之翊的目光又太灼热，让她不敢直视，想要转身逃开。可一想到这里明明是她的家，应该走的人不是她，便又大步地走进了客厅，冷着脸一屁股坐在沙发上，当那人不存在。

她算是明白了，越是和他对着干，她越讨不了好，眼前这个人已经不再是当年那个可以任由她欺负的少年了。

黎羽沫不说话，曾之翊也不说话，安静的气氛开始弥漫在整个客厅之中。

曾之翊静静地看着黎羽沫，内心却开始翻涌起来，这样的她真的让他捉摸不透。他知道自己的行为让她觉得烦恼，让她不开心了，也正因为这样，才会让她做出这样的举动。可是除了这样，他不知道自己还能用什么方法走进她的心里。

他动了动嘴，出声唤她：“羽……”但他的话还没有说出口，手机铃声就突兀地响了起来，黎羽沫的思绪也瞬间被拉回。

曾之翊看着黎羽沫飞快地接了电话，不知道电话那头的人说了些什么，她的脸色越来越阴沉，眉头也越皱越紧，看上去十分不好。

难道是发生了什么事情吗？曾之翊的心忍不住为之一惊。

黎羽沫只说了一句“哪家医院”，就挂断了电话，动作飞快地往外走去。

“怎么了？”曾之翊拉住了她。

“放手。”黎羽沫没心思理会他。

她的眼神很焦急，眉头紧紧地皱在一起，曾之翊无奈地松开了手，问道：“是不是出了什么事？告诉我，我可以帮你一起解决啊。”

黎羽沫犹豫了一下，低声答道：“楚桥出车祸了。”

06

傍晚时分正值车流高峰期，一直在路上堵了一个多小时，黎羽沫和曾之翊才赶到了楚桥所在的中心医院。

楚桥看到黎羽沫突然出现，十分意外：“羽沫，你怎么会来？”

刚进病房站在门口的黎羽沫看着头上缠了一圈纱布的楚桥，踩着高跟鞋就冲了进来，既恼怒又担忧地冲他骂道：“你都出车祸了，我怎么不能来？要不是医院的护士打电话给我，你是不是不打算通知我？”

楚桥失笑道：“只是小伤，并不严重。”

“小伤？”黎羽沫冷冷地轻哼了一声，“小伤用得着进医院吗？小伤还需要住院观察吗？楚桥，你当我是三岁小孩子可以任由你糊弄吗？”

“羽沫，我不是这个意思。”楚桥叹了一口气，侧过头的同时也看到了跟在黎羽沫身后的曾之翊，虽然很不愿意将黎羽沫交到他的手里，可现在只有他能暂时将她带走了，只好对他说道：“曾之翊，能不能麻烦你送羽沫回去？我没事。”

“羽沫是特地来看你的，她是在关心你。”曾之翊早就从黎羽沫的态度上看出了楚桥在她心里的地位，知道他出事之后那焦急紧张的模样是骗不了人的，看到她为别的男人担心，他怎么可能不难受？可再难受，他还是说了这样的话，“楚桥，

你不应该在她刚来不久就要赶她离开。”

听到这一席话，黎羽沫觉得很意外。从前，他们两个人没有和睦相处过，甚至还为了她打过一次架，没有想到现在却能说出这样的话来。

时间真是神奇，让他们每一个人都变了。

黎羽沫也没再理会楚桥，一再和他的主治医生确认真的没有大碍后，又陪着他在医院吃了晚饭，才和曾之翊一同离开。

黎羽沫闻着空气里的消毒水味道，有一种反胃的感觉，回忆也像电影画面一般一幕幕地浮现在脑海里，几乎是控制不住的。她下意识地走得飞快，高跟鞋踩得地面噔噔直响。

“羽沫！”曾之翊有些跟不上她的脚步了，伸出手想去拉她，却扑了个空。

黎羽沫很想逃离这个地方，眼前的世界也好像突然变得模糊不清了，使得她没有看清楚迎面从电梯里走出来的人，毫无预兆地撞了个满怀。

“啊！”被撞到的人惊呼了一声。

黎羽沫也差一点儿摔倒，反应过来后立刻道歉：“对不起，我……”

“羽沫？”

这个声音有些熟悉。

黎羽沫微微一愣，定睛看去，顿时愣住了。

“真的是你！”景悠露出了欣喜的笑容，“没有想到会在这里碰到你！”目光一转，她又看到了追着黎羽沫过来的曾之翊，眨了眨眼，确认自己没有看错时，才高兴地说道，“你们在一起啊！”

“好久不见。”曾之翊率先开口，扶住了还在发呆的黎羽沫，低声问道，“羽沫，你没事吧？”

这一声询问也让她瞬间回过神来，黎羽沫望着身穿一身护士服的景悠，唇边也露出了一丝笑容：“景悠。”

她怎么样也没有想到曾经的好朋友会在多年以后以这样的方式相遇，黎羽沫想起景悠曾经那么喜欢楚桥，还为了他做过一些伤害她的事情。也许现在楚桥住在这里，景悠也在这里出现，是上天给他们的缘分呢？

想了想，黎羽沫决定将楚桥的事情告诉她：“景悠，我是来看楚桥的，他出了点儿意外，要在医院住几天。”

果不其然，景悠脸上的表情变了。

“他……他也在？”景悠有些找不着自己的声音了，当年，楚桥突然和黎羽沫一起失踪，后来她才知道他们一起出国了，她失落了好久。

她看着黎羽沫比年少时期更加美丽的脸庞，一时之间也不知道自己能说些什么。

走出医院大门时，黎羽沫望着灰暗的天空，长长地舒了一口气。她将楚桥的情况都告诉了景悠，景悠是在医院工作的护士，同在一家医院，她一定会去看楚桥的。只是黎羽沫不知道自己这样做对不对，楚桥会不会怪她自作主张呢？

“你给景悠机会，却不给我一个机会，为什么？”身侧的声音十分低沉。

“机会？你想要什么机会？”黎羽沫自嘲般地笑了笑，“曾之翊，现在的你有更多更好的选择，何必要纠缠我？”

“当然是……”

“别和我说你对我余情未了，还想再续前缘之类的话，我不会相信的，你应该不会忘记当初因为我们而发生过什么事情吧？不管是你还是我，都不应该再有什么牵扯才对。”黎羽沫望着夜色下的曾之翊，他的五官没有了年少时期的稚嫩，轮廓

十分突出，特别是那双眼睛，以前平静得就像水，现在却深邃如海，早已不再是记忆中的样子了。

“羽沫，当初的事情是意外，我们谁也没有想过会发生那样的事情。对，我们都不能否认那件事情与我们有关，可是羽沫，我们都是无辜的。最初，我的确想过我们不应该在一起，可是，每当我想到你从此孤身一人活在这个世界上，我就心痛难忍。我想找你，却又无处找起。好不容易有了你的消息，我……”

“别说了！”黎羽沫的心里涌起一股烦躁的感觉，大声打断了曾之翊的话，“我不想听，曾之翊，我求你，求你离我远一点儿。我们是世界上最不可能在一起的两个人！你别再跟我提以前的事情了，如果不是因为我们的任性，当初就什么事情都不会发生！”

说完，她飞快地朝大街上跑去，速度极快地消失在夜色之中。

第六话
06
CHAPTER
烟火
YOUR
FIREWORKS,
MY HEAVEN

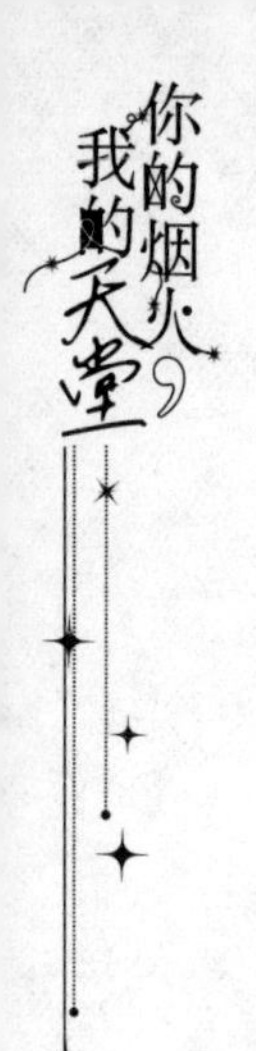

也许这一生都无法逃开那个人，就像是饮下了一口爱情的毒药。

01 

似乎是黎羽沫那晚说的话起了作用，一连好几天，曾之翊都没有再出现。这让她过了几天清静日子：每天白天她在公司一心一意地画设计稿，下班之后便直接去医院陪楚桥吃晚饭。

但住在医院观察的楚桥也没有闲着，直接将病房变成了他的私人办公室，还将他的秘书招了过来，陪着他一起在病房里办公。

黎羽沫进病房的时候，楚桥还在和秘书讨论开会的内容。可一见到她，楚桥立刻结束了话题，满脸笑容地望着她：“路上堵不堵车？饿不饿？我已经让秘书提前订了晚餐，只等你来了再让人送过来。”

黎羽沫摇了摇头：“还不饿。你今天又忙了一天？医生不是叮嘱你要多休息吗？你就当暂时放个假不行吗？”

“我什么事情也没有，要不是你坚持让我留在医院，我早就出院了。”

“我还不是为你好？自从你接管了你爸的公司，就一直在忙，根本没有多少休息的时间。我觉得还不如趁着这个机会，在医院里好好做一个全面的检查。”黎羽沫根本不理会楚桥眼中的那一丝哀怨，自顾自地说道。

可听到这一席话的楚桥突然变了脸色，好一会儿才恢复自然，笑道：“没必要了吧，羽沫，我身体好着呢。”

说完，他立刻转移了话题，让秘书早些回家，并打电话让人早一些送晚餐过来。

黎羽沫见他这样，也不再说什么，送走了他的秘书后，没多久就有人送餐过来了，她便陪着楚桥吃晚饭。

楚桥受了伤，吃的东西都很清淡，但他还是很体贴地叫了黎羽沫爱吃的菜，吃饭的时候聊到了景悠：“羽沫，我见过景悠了，听她说是你告诉她我在这里住院的。”

“嗯。”黎羽沫边吃边说，“那天看到了她，就顺便告诉她了，你不高兴了？”

“不是。”楚桥摇了摇头，对她，他永远都不会不高兴的，“只是觉得有些意外，没有想到这么多年没见了，景悠当上了护士。她不是外伤科的，却还会抽空过来看看我，我觉得挺感激的。”

“嗯。”

“只是感激归感激，是不可能发生什么事情的。羽沫，你已经和曾之翊没有可能了，我和她也不会有任何可能。”楚桥低声说道，明亮的眼眸一直盯着黎羽沫。只是她一直低着头很认真地吃饭，不知道在想些什么。

话已至此，黎羽沫也不知道自己还能再说些什么了。等到两人都吃完，她安静地收拾完，又陪楚桥看了一会儿电视，没过多久，楚桥以女生一个人太晚回家不安全为由要赶她走，无奈之下，她只好离开了医院。

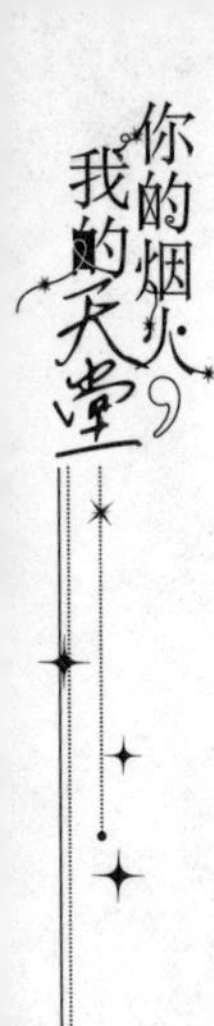

02

其实景悠的突然出现让黎羽沫想起了一件她遗忘了很久的事，那件事发生在曾之翊知道一切真相之前。

那是她将所有的事情告诉楚桥的第二天，流言也不知道是从哪里传出来的，不过一天的时间就传遍了整个学校。学校里的人都在说，黎羽沫能在被开除之后重新回学校，是因为她的妈妈是校长的情人，有这一层关系在其中，无异于是说黎羽沫与校长是一家人。还有人说，黎羽沫与其母是一样的人，企图勾引曾之翊，然后母女俩一起光明正大地嫁进曾家。

这样的话真的很难听。

黎羽沫听到这样的言论只冷笑一声，一家人？嫁进曾家？真是可笑！

她虽然不知道这件事情到底是谁传出的，但知道她那件事情的人整个学校除了她和楚桥，也就只有高高在上的校长了，可这两个人完全不可能会是传播谣言的人。

“黎羽沫，不是我。”楚桥一下课就找到黎羽沫向她解释，“你要相信我，我不会做这样的事情。”

“我知道。”黎羽沫望着楚桥，轻声说道，“我知道不是你。”

楚桥似乎松了一口气，但十分笃定地对她说道：“你放心，我会帮你找出这个人是谁的。只要让我找到，我一定会给他颜色看。不过，学校里现在有了这样的传言，我想那个人也应该不会坐视不管的。”

说着，楚桥的目光投向了校长办公室的方向。

黎羽沫勾起唇角轻哼了一声，没有说话，顺着楚桥的目光望了过去，眼中一片迷蒙，毫无半点儿色彩。

“这个人……会不会是曾之翊？”她正出神时，楚桥突然说出了这样的话，“曾之翊会不会知道了什么，为了与你作对而在学校散布这样的谣言？”

“不可能。”黎羽沫条件反射般地回答道，“绝对不可能是他，他不会知道的。”

楚桥看到黎羽沫的举动，怔了一下，却还是继续说道：“怎么不可能是他？你是因为那件事情才会处处针对他的，像他那样的人，会反击不也是很正常的事吗？”

黎羽沫又摇了摇头：“不，不是他。”

可以是任何人，也不会是曾之翊——这是从心底发出来的声音，那种莫名的信任仿佛已经开始占领她的心了，唯一能确定的是自己一点儿也不相信是那个男生散布的谣言。

“黎羽沫！”楚桥有些生气了，他不明白她怎么这么肯定不是曾之翊，他还想继续说下去，可她已经转身走开了，全身上下散发着一股“不要靠近她”的冷漠气息，使得他僵在了原地。

完全没有道理，曾之翊不是最应该被怀疑的人吗？为什么他会在她的眼中看到她对曾之翊的维护？曾之翊不是她讨厌的人吗？

而此时被黎羽沫列为“讨厌的人”的曾之翊无意间听到几个女生一边走一边议论着这件事，二话不说就将她们拦了下来，冷着脸对那几个女生说道：“你们除了说这些毫无根据的事情，还能说些什么？”

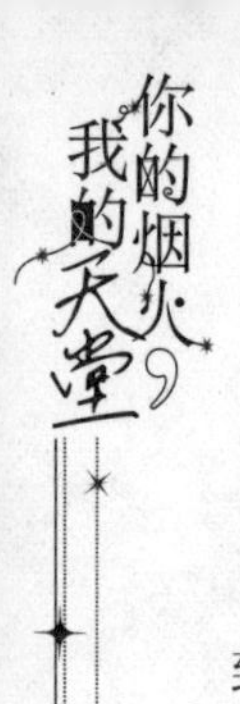

几个女生一见是曾之翊，都愣住了，只听到曾之翊再次质问她们：“你亲眼看到了吗？你觉得校长会和一个女同学的妈妈有这样的关系吗？”

“如果没有的话，为什么这么多人都在说？”一个女生怯怯地说道。

“就是，不然的话，你怎么解释为什么被开除的人还能重新回学校？”又一个女生不甘地反问道，“传言中的事情总会有原因，就算真的不是这样，那也有黑幕！”

想起自己的父亲对那个处处针对自己的女生的所有维护，曾之翊在这些话面前突然变得无力起来。他默不作声地站在原地，一句话也说不出来，满脑子想的都是这件事的可能性。黎羽沫能重新回学校真的是因为她妈妈是爸爸的……情人吗？那她也是因为此事才会处处针对他吗？

满心的疑问得不到答案，一抬头，竟然发现黎羽沫的身影就在前面不远处，不过五步的距离。她正望着他，脸上没有半分表情，几秒钟之后，她移开了目光，转身走开。

“黎羽沫。”几乎是下意识地，曾之翊叫出了她的名字，脚步飞快地跟了过去，“黎羽沫，你还好吧？”声音里是从来都没有过的温情。

黎羽沫脚步一顿，也不看曾之翊，只冷冷地说了一句：“在这种时候，你不是应该离我远一点儿吗？我的妈妈可是你爸爸的小三。”顿了顿，她侧过头用眼角的余光瞥着他，“我也有勾引你的嫌疑，你不怕这把火烧到你的身上吗，我们的标准好学生？”

后面的话完全是讥讽的语气，然而在曾之翊的耳中却不是这样的。

他望着她，缓缓说道：“我知道不是这样的，这只是别人在诋毁你，我会找出来是谁散布谣言的。”

“那也不关我的事。”黎羽沫闭上眼睛说道，“你不怕，我还担心呢！我可一点儿也不想和你家里扯上半点儿关系，所以，在我没有找你的麻烦前，离我远一点儿吧。”

03

那件事情连续传了好几天，学校完全没有做出任何解释，却又爆发了另外一件事情——

楚桥和曾之翊打起来了。

事件的原因与学校里的传言有着密切的关系。

而这事传到黎羽沫耳中的时候，已经是中午了，景悠把从别班女生那里听来的情况一股脑地讲给了她听，详细得就好像她亲眼看到了似的："黎羽沫，楚桥是因为你才会和曾之翊打架的，你要不要去看看他？听说他受伤了。”

“受伤？”黎羽沫立刻皱起了眉头，“这么说曾之翊也受伤了？”

“当然。”景悠立刻点头，“听说还流血了，都伤得不轻，要不是……”

她的话还没有说完，黎羽沫已经飞快地跑出了教室，她先是跑到了曾之翊的教室外，看了一圈没有找到曾之翊的身影。转身之际，恰巧被刚走出来的凌霜霜看到，只听到凌霜霜叫她的名字："黎羽沫，黎羽沫……”

但黎羽沫就像没有听到她的声音一般，毫不理会，只留下凌霜霜一个人看着她的背影干瞪眼。

黎羽沫不知道自己为什么非要找到曾之翊不可，几乎跑遍了所有他可能在的地

方都没有找到，正打算放弃的时候，却看到他从医务室走了出来，额头和嘴角都受了伤，擦了黄色的碘酒，却丝毫没有给他俊朗的长相减分。

刚走出来的曾之翊也看到了不远处的黎羽沫，一下子愣住了，呆呆地站在原地，看着她缓缓地向他走来。

黎羽沫脸上的表情也慢慢地发生了变化，等到她站在曾之翊的面前时，已经是一贯的对他的轻蔑与讽刺了。她将他从头看到脚，目光最后定格在他受伤的脸上，略微有些得意地笑了笑："楚桥下手真狠。"

"是啊。"曾之翊也笑了，"不过我也不差。"

黎羽沫轻哼了一声，没有接话。

曾之翊却被她看得有些不好意思，低下了头，连声音也轻柔了几分："黎羽沫，你是来看我的吗？多谢你……"

"我只是来看你死了没有。"

黎羽沫头也没抬就打断了他的话，声音冰冷，却使得她这张出色的脸多了几分冷艳，看得曾之翊呼吸一顿。

气氛一下子冷了下来，曾之翊意识到自己的异样，连忙转移话题，说道："关于学校里盛传的事情，我已经问过我爸爸了，完全没有这样的事，他还说会在学校为你澄清的，你不要……"

"呃？"黎羽沫挑了挑眉毛，毫不客气地打断了他的话，"澄清？澄清什么？"

"当然是你妈妈……"

"既然没有这回事，还需要澄清吗？"黎羽沫目光渐冷，"完全不需要。"

说完，也不管曾之翊还在叫她，她转过身大步走开了。

澄清也好，被人误会也罢，她什么都不在乎。相信她的人，不会把这样的事当成事实；不相信她的人，即使不是她做的，也只会认为是她。求来的清白她不要，更不要这个人是他。

04

不等黎羽沫找上来，楚桥就带着一脸的伤找到了她。

那时刚刚下晚自习，黎羽沫的作业还没有做完，正低着头做题，却听到楚桥在轻轻敲着她旁边的玻璃窗。她侧过头，正好看到了楚桥笑意盎然的脸，于是打开了窗户，听见他问道："作业写完了没有？可以回去了吗？"

"快了。"黎羽沫收回目光，将最后一题做完，交给了在一旁等着她的小组长，才开始收拾东西，走出了教室。她却看也不看楚桥一眼，头也不回地走开了。

楚桥三两步追了上去，对她说道："羽沫，你没发现有什么不一样吗？没有听说到什么吗？"

"什么？"黎羽沫回头看了他一眼。

楚桥立刻指了指额头上的一片瘀青，有些委屈地说道："我受伤了啊。"

"谁让你去打架的？"黎羽沫淡淡地说道，但在楚桥的耳中仿佛是带着几分怒意的。

他愣了好一会儿，才答道："羽沫，我是想帮你出气，不管那件事是不是他传出来的，我都……"

"不用你管。"黎羽沫突然提高了音量，"这是我的事情，你能不能别插手？

你干吗要帮我出气？干吗要去打曾之翊？”

“羽沫……”楚桥被她吓住了，半晌都回不过神来。

黎羽沫瞪着楚桥，目光有些冷：“楚桥，我一点儿也不希望你卷进这件事里，我也不需要知道是谁在传这件事，更不需要你来帮我教训曾之翊。这些事情，我要自己来做。”

楚桥怔怔地看着她，心莫名地往下沉，像是要沉没到看不到底的深渊里一般。他的嘴唇动了动，却一个字也说不出来。

是要自己来做？还是因为他打了曾之翊而生气呢？

这天黎羽沫第一次和楚桥一起离开学校后没有一同回家，她把他丢在了人来人往的大街上，只因为他动手打了曾之翊。

独自一人走在回家的路上，黎羽沫满脑子想的是自己与曾之翊这一段时间以来所发生的事情。她一直都在报复他，可是不知道为什么，自己一点儿也不觉得高兴，反而因为他而更加不开心，莫名的烦恼也接踵而至，让她渐渐看不清自己的内心了。

星期一的清晨，校长召开了全校大会，澄清传言不过是一个误会，而且还说明黎羽沫被开除了还能回来，是因为她向校方保证不再犯，校方是看在她真心悔改的分上才开特例让她返校的。

黎羽沫听到这样的说辞，除了冷笑再也没有别的表情了。她望着远处高台上拿着话筒讲话的校长，眼睛不知不觉地眯了起来，透出冰冷的光。

好不容易听完了校长的话散场回教室，黎羽沫和景悠刚走到楼梯的转角口，身后就传来了曾之翊的声音：“黎羽沫，等一下。”

黎羽沫停下脚步，回过头看着他气喘吁吁的模样，皱了皱眉头，冷声说道：“有事吗？”

“对不起，我没有找到那个散布谣言的人，不过希望我爸爸对全校的澄清能够改变其他人对你的看法。”

曾之翊的眼里尽是笑意，黎羽沫不知道是他的解释让她心跳加速，还是因为他这个意料之外的温暖笑容。

黎羽沫一句话也没说，转身走开了，生怕自己再多待一会儿，就会让曾之翊发现自己的异样。

回到教室，一直忍着疑问没说的景悠开口了：“黎羽沫，校长开全校大会澄清是不是和曾之翊有关啊？”

“不知道。”黎羽沫摇了摇头。

“黎羽沫，虽然我不愿意相信你是那些人传的那样，但是我实在无法理解你的所作所为，难道你真的是因为想和……”

话还没有说完，黎羽沫冰冷的目光就扫了过去：“景悠，不是你想的这样。”

景悠看着黎羽沫，噤了声，心里却很不是滋味，她咬了咬唇，转过身不再说话。这个女生，整个学校除了她景悠应该没有女生愿意和她做朋友了，而楚桥却是个异数，景悠怎么也想不明白，他为什么会喜欢上这样的黎羽沫。

算是和黎羽沫闹了小矛盾，午饭景悠是和别班的女生一起吃的，离开食堂回教室的时候，那女生便问景悠：“你为什么没有和黎羽沫一起吃饭啊？不会是她发现了什么吧？”

“没有。”景悠笑了笑，“我和她也算是好朋友了，她怎么样也不会怀疑到我

的头上，今天是因为有一点儿小争吵，所以没有一起吃饭。”

“哦……原来是这样啊。”女生也笑道，“反正你跟我说的事情我是百分之百相信的，校长再怎么澄清也是没用的。像黎羽沫那样的问题学生，她妈妈若不是校长的情人，她没有勾引曾之翊，怎么会重新返校，真是笑死人了。”

景悠唇边的笑意更深了：“那当然，我亲耳听到的事情还有假？黎羽沫在学校里的所作所为我们都是看在眼里的。”

“那是，她长得那么漂亮，性情品行却是那样……”女生搭话道，“你放心，我一定会继续添油加醋的，只要能够让你把自己喜欢的人……”她的话还没有说完，景悠突然停下了脚步，身体也僵硬得像冰块一般。女生侧过头一看，顿时怔住了。

楚桥站在景悠的正前方，一言不发地望着她，眼中是从来都不曾有过的愤怒与不解。

他伸出手拉住景悠，大力地扯着她往人少的地方走去，然后毫不客气地甩开了她的手。

景悠一个踉跄，差点儿摔倒在地，手腕上传来的疼痛让她差点儿流出泪来。

楚桥走近她，低声问道：“是你吧？”

“什么是我？”

景悠装无辜，一个劲地揉着自己的手腕。

“在学校传那些话的人是你。”楚桥肯定地说道，“景悠，你是羽沫的好朋友，你为什么要做这样的事情？”

“你……听到了？”虽然不愿意相信，但景悠还是问出了这样的话，心里的恐慌一阵阵地袭来，让她的身体也忍不住发颤。

“是，听到了。”楚桥垂下眼帘说道，“要不是听到了，我也无法相信这个人居然是你。不，羽沫恐怕也完全无法相信，除了我，你就是她最好的朋友了。”

景悠的脸色变白了，低下头说道：“无法相信也要相信，这个人就是我。那天晚上，我无意中听到了黎羽沫跟你说的话，也算是明白了她为什么要那样对曾之翊。我同情她、可怜她，可我不能容忍的是，那样的她为什么会有那么多人喜欢，不就是有一张漂亮的脸吗？除了这个，她一无是处。”说到这里，她望向楚桥，眼中闪着泪光，“你为什么还要喜欢她、处处帮着她？你就没有看到过我吗？”

“你……”楚桥惊得后退了一步，“你……喜欢我？因为我喜欢黎羽沫……所以你那样对她？”

“没错。”景悠低低地笑了起来，眼泪也落了下来，“你不知道吧？你应该从来都没有发现过吧？你的眼里、你的心里全是她，可笑的是她从来都没有在意过，她一点儿也不喜欢你。”

楚桥深吸了一口气，也不理会景悠的话，只道：“这是我的事情，不用你操心。这件事，我不会对黎羽沫说，我不希望她伤心，还有，我要你以后把她当成真正的朋友，不然的话，我会让你知道欺负她的后果。”

那个时候的景悠与楚桥都不知道，其实他们说的那些话都被黎羽沫无意中听到了。当时的黎羽沫的确很震惊，可她还是选择了假装不知道，在她的心里，景悠是自己唯一的女性朋友，不管她是不是用真心对待自己。她只是觉得是自己做得不够好，是自己发现得太晚了。

05

带着回忆没走多久，黎羽沫就被刚刚下班的景悠叫住了：“羽沫，你来看楚桥了？”

“嗯。”黎羽沫停下脚步，点了点头。

“有没有时间？我们聊聊吧。”

黎羽沫想了想，便答应了：“好。”

两人就在医院附近的一家咖啡厅坐下了。

“羽沫，我问过楚桥的主治医生了，他明天下午就能出院了。”景悠开口便道。

黎羽沫愣了一下：“楚桥没有告诉我……”

“也许他不想让你来接他出院吧。”景悠笑了笑，继续说道，“我从楚桥那里得知你们已经回来3年了，羽沫，为什么你回来了都不来找我？如果不是因为前几天在医院碰到，是不是一辈子都不会再见面了？”

黎羽沫默默地低下了头，不想找她，只是因为不想再和过去有任何牵扯了。

“那天我看到你和曾之翊，还以为你们在一起了，楚桥却跟我说没有这回事，是不是……”

“是啊，我们现在只是普通朋友。”

“可你们当初不是都很喜欢对方吗？为什么你和楚桥会突然离开？还是……当年发生了什么我不知道的事情？”

“景悠，你别问了。”黎羽沫望着景悠，声音里带着几分请求。

景悠愣了一下，还想问出的话也全部憋了回去，气氛一时间有些僵，她不安地喝了一口咖啡，才继续说道："羽沫，其实有件事情我一直想对你说。那件事情憋在我心里好久了，本来以为没有机会了，但幸好你回来了，也让我有了能亲自向你解释道歉的机会。"

灯光下，景悠的唇边闪过一丝苦笑，只这一眼，黎羽沫就知道她想要说的是什么了。

果然，景悠提到了当年那件事。

"羽沫，当年学校里谣传你妈妈是校长情人的事情，其实……是我说出去的。"景悠的声音渐渐变低了，"当初我以为这样就可以让楚桥讨厌你，不再喜欢你，后来我想其实是我做错了，现在我向你道歉，对不起，羽沫。"

"我早就知道了。"

景悠猛地抬起头，呆呆地望着她。

黎羽沫毫不在意地笑了笑，说道："其实那天楚桥找你对质的时候，我在无意中都听到了。可我什么都没有说，因为我知道你只是因为喜欢楚桥，想要破坏楚桥对我的印象。"说到这里，她又轻笑出声，"这个世界上，每个人都是有私心的，都想得到自己想要的东西，而为此不惜付出一切代价。不管是爱情还是友情，在欲望的面前，也显得不那么重要了。"

"羽沫……"

"你还想不想和楚桥在一起？"黎羽沫又问她，"如果你心里还有他，还和当初一样喜欢他，那我支持你。这几年来，楚桥的身边没有别人，如果能有一个人陪在他的身边，我希望那个人是你。"

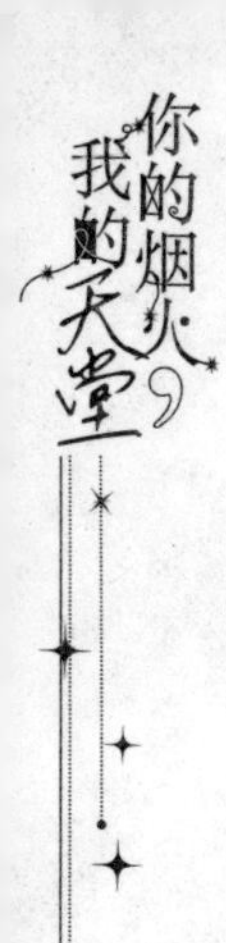

和景悠分开之后，黎羽沫漫无目的地走在大街上，城市的灯光十分璀璨，映得她的面容也格外光彩照人。

路过一个精美的橱窗时，她看到了一对穿着高中制服、手牵着手从店里走出来的情侣。女孩子的脸上带着明媚的笑容，和高高帅帅的男生说笑着从她的眼前走过，恍惚间，她看到了当年的他们。

那是他们跨过内心的坎在一起之后，他们刚看完一场科幻电影。

因为曾之翊对爱情文艺片不感兴趣，黎羽沫为了迎合他的喜好选了自己最不喜欢的科幻片。离开电影院回家的时候，路过一家饰品店，她死缠烂打向曾之翊要礼物作补偿，曾之翊拗不过她，便选了一个水晶娃娃的挂饰送给她。

至今她都记得那个水晶娃娃十分漂亮，美丽透明，就像他们的爱情。当时，收到礼物的她十分高兴，把这个水晶娃娃挂饰当成了最珍贵的东西，只是仿佛越珍贵的东西就越容易丢失。

水晶娃娃被她亲手摔碎了，同时摔碎的还有他们之间所有的美好。

记忆只到这里，黎羽沫深吸了一口气，继续向前走，抬头时却看到了一个熟悉的身影，十分像曾之翊。她停下脚步，一种异样的感觉突然从心底涌出，使她的心渐渐热了起来，可是很快，这样的感觉就消失了。

因为她看到的那个人不是他。

她突然有些失落，意识到自己的情绪不正常时，立刻懊恼地在心里咒骂自己。可就在这个时候，口袋里的手机突兀地响了起来。她回过神来，飞快地掏出手机，“曾之翊”这三个字在屏幕上十分刺眼，就像是心事被他发现了一般，她又暗暗骂了自己一句，才接通了电话。

“羽沫，我有点儿想你了，你呢？”

06

黎羽沫觉得自己快要被逼疯了。

自从昨天晚上她一句话都没说就挂断了曾之翊的电话，还毫不犹豫地将他的电话号码扔进了黑名单之后，她得到了曾之翊的强势报复。

第二天一早，曾之翊就像公司里的员工一般，准点出现在公司里，还顶着一个光明正大的理由——来跟进设计师的进度。

黎羽沫画设计稿的时候，曾之翊就坐在离她的办公桌不远的休息区，透过透明的玻璃窗一直盯着她，看得她十分不自在，好几次都画不下去了。

好不容易熬到了中午午休的时候，黎羽沫和蒋小雨一起去了她们常去的餐厅，可蒋小雨好像已经成了曾之翊的小狗腿，一个劲地叫曾之翊和她们同桌吃饭。而等曾之翊来了之后，又将自己的位子让给了他，一个人跑到了另一边。对此，黎羽沫气不打一处来。

蒋小雨是自己的助理没错吧，可是她为什么还去帮着一个“外人”呢？

黎羽沫气鼓鼓地吃完了午饭，只当曾之翊不存在，也不和他说话，吃完后又匆匆回了公司。想起景悠昨天说楚桥下午会出院，便向总经理请了假，收拾了一下东西，又给蒋小雨安排了一下工作，便离开了公司。

曾之翊一直跟着她，他只以为黎羽沫是想躲他，在她出了公司的大门之后，就追上她，紧紧地拉着她的手臂，有些恼怒地说道：“你就这么不想见到我，要躲着我吗？”

“既然知道，你为什么还要来？”黎羽沫甩开他的手，“你要的设计稿我很快就会完成的，完成的时候自然会叫你来公司看，你不需要这样一大早就来盯着我。”

“黎羽沫，你知道我为什么会这么做。”曾之翊也不生气，只是静静地望着她，一双眸子幽深得就像大海一般，“我本来可以直接到你家里去找你的，但是又怕你因此生气，便早早地来了公司，不过是想看看你是不是真的不打算理我了。事实证明，的确如此。”

“既然知道，那你更应该离我远一点儿。”黎羽沫也不看他，“我还有事，没有空和你多说。”

说完，她便朝马路上大步走去。

“你要去哪里？”曾之翊问道，“这个时候不太好打车，我送你去。”

黎羽沫停下脚步，回头看了曾之翊一眼，想了想，答道：“我要去接楚桥出院，你也要和我一起去吗？”

半个小时后，曾之翊和黎羽沫一起到了医院。

楚桥的秘书早已将他的东西都收拾好了，只差办理出院手续了，而楚桥没有想到黎羽沫会来，更没有想到她还会和曾之翊一起来。

“你出院的事情是景悠跟我说的。”在医院大厅给楚桥办出院手续的时候，她这样向他解释道，“如果不是景悠告诉我，我猜你是不会跟我说的。”

楚桥笑了笑，没有回答，一直望着在窗口排队的曾之翊：“羽沫，你是最了解我的人了，可我觉得自己并不是很了解你。”

黎羽沫微微一愣，有些不明白他的意思。

“曾之翊。”楚桥念出了他的名字，“你和他在一起，我住院的第一天是你和他一起来，我出院的时候，还是你和他一起来。羽沫，你有没有想过我会生气难过？”

“楚桥，我们只是……”

“不过，我突然觉得挺高兴的。”

黎羽沫有些意外，楚桥居然会说出这样的话，他不是一直都对曾之翊有成见吗？不是无法和他和睦相处吗？现在为什么会这样说？

“抛开我的那一点点私心，我觉得他很好，没有人会像他一样在这漫长的时间里只守着你一个人。我听说，他在国外的那几年里一直洁身自好，没有混乱的私生活。单看他这个人，是一个很不错的对象，并且还对你钟情多年。羽沫，我问你，有没有可能你们还会重新在一起？”

还会重新在一起吗？

在黎羽沫的心里，这根本是不可能的事情。

她望着楚桥，摇了摇头。

“你不选他，也不选我，难道是想一个人过一辈子吗？”

07

黎羽沫不是没有想过这个问题，也许在几年之后，她会选择和楚桥在一起平平静静地过完这一生。可她对楚桥的感情只是友情、是亲情，怎么样都没有爱情。这样对他来说是不公平的，而她也不能这么自私。

虽然楚桥出了院，但黎羽沫担心他会有后遗症，时常打电话问他的情况，但大

多时候都是楚桥的秘书接的，只说他在忙，没空接她的电话，只是告诉她不要担心楚桥。

以前楚桥不会这样的，哪怕他再忙，都会接她的电话，以她的事情为重，可最近不知道怎么了，楚桥似乎在躲着她。不过黎羽沫不想给楚桥添麻烦，既然楚桥说忙，那就不要去打扰他了。无奈之下，黎羽沫只好嘱咐秘书有事情随时跟她联系，也不再常常打电话过去。

曾之翊依旧每天都来公司看黎羽沫的工作进度，但也只是常常坐在休息室里静静地看着她，也不和她说话，俊朗的脸上看不出一丝表情。

几天以来，黎羽沫已经渐渐习惯了他的目光，只当他不存在，自顾自地画着设计稿，按时上下班，而每到下班的时候，曾之翊也会在她的面前消失。

如此相处一个多星期后，黎羽沫的设计稿完成了。

几乎把每天来公司当成了必修课的曾之翊看到设计稿时，脸上看不出一丝欣喜。倒是尹经理就黎羽沫完成工作的速度表扬了她一番："羽沫，你这次完成的设计稿真是又快又好，真是不错。"

黎羽沫勾唇一笑，瞥了曾之翊一眼："曾总天天都来公司查看进度，我若是不快一点儿，他可能要对我们公司的效率不满了。"

"哪里。"曾之翊看向黎羽沫，"羽沫，你是在说笑吗？就算你完成得很慢，也应该知道我不会对你不满的。"

说完，他笑着看了她一眼，眼神里还带了几分暧昧。

仿若是局外人的尹经理干笑了几声之后，有些尴尬的气氛才悄然打破。

曾之翊将设计图仔细地看了一遍，对黎羽沫的才华有些惊讶。当年只在白纸上画画漫画的少女，现在却成了优秀出色的室内装修设计师，这让他又欣喜又失落。他收回目光，对尹经理说道：“我很满意。”

尹经理笑得更灿烂了。

“不过后期的施工，我希望你也能继续跟进。”曾之翊望着黎羽沫，挑了挑眉，“关于费用，我们公司也会酌情增加的。”

一听到会增加费用，尹经理笑得眼角的皱纹都出来了：“这个当然没问题。”说完，又对黎羽沫吩咐道，“羽沫，你就跟进一下。”

黎羽沫顿时有一种被巨大的网罩住的气闷感，但对于经理提出来的要求，她又没办法拒绝，只好说道：“经理，我手头上还有其他的工作，我让小雨跟进吧，小雨也跟了我一年，对后期跟进是没有问题的。”

不愿意？

曾之翊眯起了眼睛，有意无意地看了尹经理一眼。

尹经理立刻会意了，沉声对黎羽沫说道：“羽沫，你手上没有比较大的案子，以蒋小雨的能力是可以做好的，可这是由你一个人负责的案子，当然要由你来完美收尾。而且，下周一公司会有新的员工来，到时候交给你带一带，也能帮你分担一部分工作了。”

经理都这样说了，她还能说什么呢？

黎羽沫闷闷地点了点头，离开办公室的时候还瞪了曾之翊一眼，而他也将这一幕收入眼底，回给她一个灿烂无比的笑容。

下午临下班之前，黎羽沫给好些天都没有联系的楚桥打了一个电话，以往每完成一个项目的时候，她都会打电话约他一起吃晚饭。

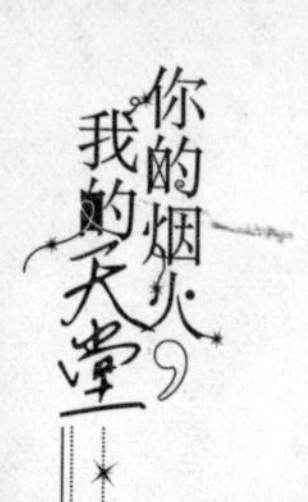

电话响了好一会儿才接通，黎羽沫以为是楚桥，直接说道：“楚桥，晚上我们一起吃饭吧。”

电话那头的人好像愣了一下，几秒钟之后才传来一个女声：“羽沫，是我……”

是景悠。

“楚桥去洗手间了，我看打电话来的是你，就接了。我和楚桥已经约了等会儿去吃晚饭，你来吗？”

黎羽沫下意识地望向窗外，发现天色已经暗下来了，便答道：“不了，既然你们已经约好了，我就不去了。”

不等景悠再说话，她便挂断了电话。

楚桥和景悠在一起，这样不是很好吗？

她不希望楚桥总是守着她一个人，她的世界已经是黑白一片了，而楚桥还有他自己的彩色天空。

08 

周末的时候，为了避免曾之翊去家里找她，黎羽沫一个人留在公司加班。两天的时间过得很快，转眼便到了周一。

周一上班，尹经理所说的那个新员工来公司报到了，谁也没有想到新来的员工竟然是尹经理还没有大学毕业的弟弟——尹天。

尹天长得干净斯文，笑起来的时候脸颊上会浮现出两个小酒窝，十足的正太模样。见第一面的时候，蒋小雨看呆了。

“这是我之前参赛的获奖资料，请你看一看，我哥说你是公司里既年轻又出色的设计师，让我好好跟你学习一段时间。”尹天很谦虚地看着黎羽沫，目光中透着几分殷切。

黎羽沫认真地看了看尹天的资料，眼里闪过一丝惊异，望着他那张干净的笑脸，赞叹道：“你很不错。”

“真的吗？”尹天有些惊喜，眼里放着光。

“嗯。”黎羽沫点了点头，“其实我也没有什么可以教你的。”

“哪里！你好厉害的！”尹天激动地向她走近了一步，“我之前就看过一篇关于你的报道，还有你在大学时期参赛的作品，我哥也将你近几年来做过的项目案子给我看过。我觉得你是一名很出色的设计师，有很多地方值得我学习！”

“我现在终于有机会出来实习了，我一定要跟着你好好学习！”似乎是怕黎羽沫不答应，尹天有些可怜兮兮地向她请求着，双手合十地向她作着揖，那模样真的让人有些不忍心拒绝。

正打算回答他时，放在桌上的手机响了，只一眼，黎羽沫就看清了屏幕上闪现的名字，正是几天没出现在她眼前的曾之翊。她叹了一口气，接通了电话。

“羽沫，今天公司正式动工了，身为设计师的你不应该过来看看吗？”不等黎羽沫回答，曾之翊又道，“10分钟后我就到你们公司门口了，你收拾一下，马上出来。”然后“啪”的一声挂断了电话，丝毫不给黎羽沫开口的机会。

黎羽沫看着瞬间暗下来的手机屏幕，心里咒骂了一句：曾之翊，算你狠！

“羽沫姐？”

黎羽沫带上最后的设计定稿，看了看有些慌乱的尹天，勾唇一笑，说道：“一

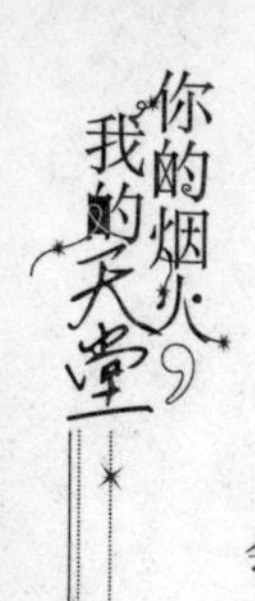

会儿跟着我去看看曾总的新公司。”

尹天眨了一下眼睛，然后猛地点头，乐颠颠地跟在黎羽沫的身后。

曾之翊的车刚停在大门口，他一眼就瞥见了黎羽沫，伸长了手推开车门，示意她上车。

黎羽沫也没多说什么，带着尹天毫不犹豫地坐到了后座上。

看到突然出现的尹天，曾之翊的眉头不悦地皱了起来，语气阴沉地问道：“这是谁？”

黎羽沫无视他的情绪，答道：“尹经理的弟弟，大学毕业前来公司实习，安排他先跟着我学习一段时间。”

“呃？”曾之翊回过头来，将尹天从头到脚打量了一番，然后轻哼了一声，“公司里的设计师那么多，为什么偏偏选上你？实习生可不是那么好带的。”

这话里好像有点儿酸酸的味道。

黎羽沫的心里闪过一丝异样，脸上的表情也有些不自在了。她侧过头躲开了曾之翊投来的目光。

“当然是因为羽沫姐厉害了！”尹天笑容得体地回答道，“不过，我是不会给羽沫姐添麻烦、让她觉得烦恼的。”

曾之翊轻哼了一声，回过头转动车钥匙。从后视镜里看到了尹天那略带几分得意的笑容，还有他专注地看着黎羽沫的眼神，曾之翊的心里顿时生出一丝恼怒，猛地踩下了油门，飞快地向前开去。

黎羽沫因为没有准备，额头狠狠地撞到了前面的座位上，痛得轻呼了一声：“啊——”

尹天大惊失色："羽沫姐，你怎么样了？"

黎羽沫一手捂着自己的额头，一手摇了摇，低声说道："我没事。"又抬头看了看专心开车的曾之翊，触及到他那有些冷傲的目光时，她默默地咬了一下嘴唇，一句话也没有说。

天翊广告的新公司位于繁华的商业中心区，从写字楼上向下望去，可以看到整个市中心，黎羽沫只在看整体布局的时候来过一次。

黎羽沫带着尹天，拿着最终确定的设计稿认真地检查了每一个区域的设计，再针对现实格局做了细节上的修改，而整个过程，曾之翊没有说一句话。他看到尹天时不时地向黎羽沫提问，细心地捧着设计稿，还十分体贴地询问她累不累、渴不渴，心里冒出了极大的危机感。

不就是一个大学还没有毕业的小屁孩吗？

他为什么要怕？

曾之翊轻哼了一声，低下头看了看手表，走向黎羽沫，问道："应该看得差不多了吧？"

"嗯。"黎羽沫看着设计稿点了点头。

"羽沫姐，那我们先回公司吧，我还有些问题想向你请教。"尹天笑得极为斯文有礼。

"羽沫，我也有些问题想问问你。"

曾之翊的眼睛直接瞥向了尹天，神情有些冷，不等黎羽沫同意，他已经伸出手揽住她，将她牢牢地控制住。

肩膀上传来的疼痛让黎羽沫皱了皱眉头，语气有些冷硬地说道："有什么问题

就在这里说。”

“这里有外人，不方便。”曾之翊脸不红心不跳地笑道，他目不转睛地看着尹天，毫不掩饰对他的敌意，连带着按住黎羽沫肩膀的力度也加重了几分。

黎羽沫的眉头皱得更紧了，这个男人似乎有些恼怒了，她觉得自己现在不应该惹怒他，想了想，她对尹天说道：“你先回公司吧，有什么问题我们明天再说。”

尹天看了看自从他出现脸色就不太好的曾之翊，又看了看黎羽沫一副认真的模样，点了点头，转身离去。

他一离开，曾之翊觉得舒适了很多。

“还不放开？”黎羽沫有些冷漠地望着他。

曾之翊也知道自己的举动有些过了，他不想惹她生气，便松开了她，声音低柔地说道：“忙了半天，饿不饿？”

“这就是你要对我说的话？”黎羽沫仰头望向他。

“不然呢？”

曾之翊笑着挑了挑眉。

“曾之翊，有没有人对你说过，你挺无耻的？”

“有啊，你。”

曾之翊又笑了，完全不在意黎羽沫对他说的话。

黎羽沫顿时气结，她觉得现在的自己完全没有办法和曾之翊正常相处，他们的位置好像调换过来了。她突然有些明白，那个时候的曾之翊究竟是以什么样的心情面对胡搅蛮缠的她了。

“别发呆了，我饿了，去吃东西。”不等黎羽沫回答，曾之翊就抢过了她手中的设计稿，将她向外推去。

09

半个小时后。

黎羽沫站在了离学校只有几百米的小吃街上。

正是下午放学时间，小吃街上穿行着不少男生女生，她看着那一张张青涩稚嫩的脸，恍惚间好像看到了曾经的自己。

黎羽沫和曾之翊容貌出众，时不时引来一些学生的注目。黎羽沫丝毫没有任何不满，反而是曾之翊，当他看到有男生的目光投向黎羽沫时，便不由自主地眯眼回望，吓得那些小男生都灰溜溜地逃开了。

看到曾之翊那张带着几分威吓的清俊面容，黎羽沫忍不住低笑了一声，但又怕被他发现，很快就收住了。

“为什么要带我来这里？”黎羽沫低声问他。

“重温一下美好的时光。”曾之翊回答得很直接，“听说那个卖牛肉米线的婆婆还在，不知道她还记不记得我们。”

她为什么要和他一起重温过去？

黎羽沫语气不善地说道：“曾之翊，你想重温过去，你想去那家店吃牛肉米线，这些你都可以自己一个人做。”

“可我记忆中所有美好的事情都是和你一起做的。”曾之翊望着她，目光十分幽深，“羽沫，你是在抵触我，还是在抵触那些过去？”

“都是。”黎羽沫迎上他的目光，在他的眼里看到了自己，“你觉得那些是

美好，可在我看来，是一场噩梦。我一点儿也不想再记起那些，你明白吗，曾之翊？”

她说是噩梦？

是，即使有那些悲伤的存在，可时光已逝，再多的痛苦不都应该被化解了吗？他走出来了，她还留在原地吗？

“黎羽沫，我不是来听你说这些的。”说完，曾之翊不看她，毫不犹豫地拉着她的手，带着她往那家卖牛肉米线的店走去。

这家牛肉米线店是他们曾经来过很多次的地方，晚上自习课结束之后，她若是饿了，他便会带她到这里来点两碗香喷喷的牛肉米线，面对面坐着吃。

她不爱吃香菜，吃之前便将里面的香菜全部挑出来放在桌上。他见她这样，便会皱着眉头问她：“你不爱吃香菜的话，可以挑出来给我，这样浪费是不对的。”

她只是噘着嘴瞪着他，一句话也不说，眼睛却亮得惊人。

他被她盯得叹了一口气，然后老老实实地将她碗里的香菜挑到了自己的碗中。挑完后，见她盯着自己碗里的那几片又香又薄的牛肉片，又毫不犹豫地都夹给了她。

自此之后，每次吃牛肉面，只要她盯着他，他都会主动地将香菜挑出来，将牛肉给她，久而久之，也就成了习惯。

习惯是一件很可怕的事情，黎羽沫在国外的那些年，从来都不敢吃面，她怕自己会在不经意间想起曾之翊，想起和他在一起的美好时光，更害怕那已经种进了心里的思念会爆棚。

而今天，她却重新来到了这里。

第七话
07
CHAPTER
旋涡
YOUR
FIREWORKS,
MY HEAVEN

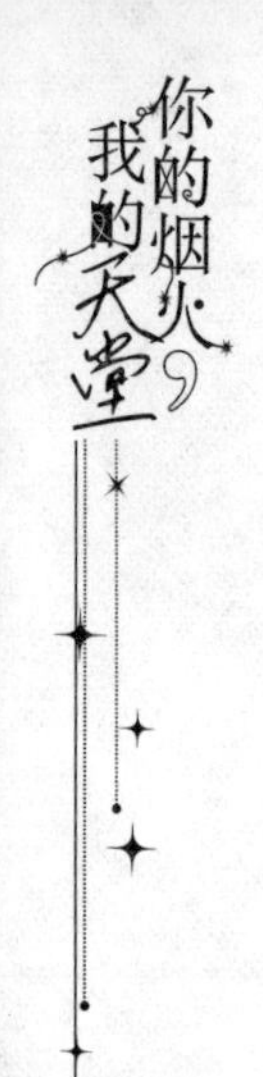

桥的左边是黑暗，桥的右边是黎明，然而只有他所站的方向才能通往幸福。

01 

“婆婆，给我们两碗牛肉米线。”

曾之翊牵着黎羽沫走进了店里，看到了那个守在店门口的老婆婆。她正眯着眼睛看着他们两个，想了好一会儿也没想起他们是谁，只冲着他们笑了笑：“好，先坐着等一会儿，马上就好。”

黎羽沫见老婆婆并没有认出他们，莫名地松了一口气，被曾之翊拉到了空座位旁。

坐下后，过了一会儿，老婆婆就端着两碗牛肉米线上来了，又仔细地看了他们好几眼，好像还在努力想着他们到底是谁。

曾之翊没说话，默默地抽了一双干净的筷子放到黎羽沫的面前，再拿了一双筷子自己用。他并没有吃自己的那碗，而是认真地将葱花和香菜夹到自己的碗里，又将香嫩的牛肉片一块一块地夹到了黎羽沫的碗中。

“牛肉给你，香菜给我。”

牛肉给我，香菜给他。

黎羽沫的心好像被什么东西猛地撞了一下，鼻尖传来的酸涩感几乎让她落下泪来。

也是因为这句话，老婆婆认出了他们，有些欣喜地望着他们，笑着说道：“我想起你们来了。”她指着曾之翊说道，“你是那个总是不说话的男孩子。”又指着黎羽沫说道，“你是那个长得很漂亮，笑声很好听的女孩子。”

被人认出来的感觉很奇妙，黎羽沫冲着老婆婆笑了笑，问道：“老婆婆，这么多年，您还好吗？”

“好，好。”老婆婆笑得更灿烂了，“没想到你们还在一起，这么多年了，我在这里也见过不少情侣了，没有像你们这样还在一起的，真好。”

还在一起吗？

早就不在一起了。

黎羽沫还想解释，可对面的曾之翊抢了先。他望着老婆婆，认真地说道：“婆婆，我们会一直在一起的。”

“好，好。”老婆婆又慈爱地看了他们好几眼，才转身离开。

等到老婆婆走远，黎羽沫才瞪着曾之翊，低声说道：“曾之翊，你能不能不要这样？”

“哪样？”曾之翊没有抬头，在漫不经心地挑着碗里的米线。

“你现在做这些事情到底有什么意义？我们不可能回到过去了。还是你想报复我？”黎羽沫的眼神有些冷。

是的，因为她，他失去了最珍贵的亲情，现在找到了她，想要报复她，不是很正常的事情吗？

可她没有想到的是，曾之翊却被这席话激怒了。

“黎羽沫，在你心里，我就是这样一个人吗？”曾之翊的声音十分冰冷，隐隐透出一股怒意。

“不是吗？”黎羽沫冷笑一声，“你以为我还是十七八岁情窦初开的小女生，会相信你做这些都是为了讨好我，想和我重新在一起吗？如果我是你，是绝对不会忘记过去的那些事情，也不会放过始作俑者的。曾之翊，如果你想报复我，想要让我为过去的事情付出代价，那你就换一种方式，直接一点儿，别用这样的温情手段，别让我觉得你还不如从前。”

黎羽沫的话里没有丝毫感情，每一个字就像针一样一点一点刺进曾之翊的心里，让他无法呼吸。

他静静地看着眼前这个依然美丽的女人，突然觉得她离自己好远，她曾在他的生命里、在他的梦境之中清晰地出现过。他不是没有想过忘记她，那些孤单冰冷的夜晚，只有想起她，他才会觉得自己还活着，他的心还是热的，哪怕他们之间发生了那样的事情，他也不惜一切想要找回她，找回此生唯一的温暖。

可是，现在的她很冰冷，冰冷得让他不敢再靠近了。

他的心里凉凉的，几乎是咬着牙齿吐出了几个字：“黎羽沫，我真是疯了才会想要去暖你这块冰！”

黎羽沫眼睁睁地看着曾之翊扬长而去，她的唇角勾起，浮现出了一丝苦笑。

良久，她拿起筷子夹了一片牛肉慢慢地吃了起来，可不知不觉间，她的眼眶却红了。

她微微低下头，大颗的眼泪无声地落入了碗中。

02 

这一次，曾之翊是真的生气了吧？

黎羽沫的公司不见了他的身影，她每天下午都会去天翊广告的新地址看看装修进度，做细节上的小修改。曾之翊不在，她想他应该是想通了吧，被她那么冷血无情地对待，无论是谁，再暖的心都会凉下去的。

而这一段时间，尹天也跟在她的身边虚心地向她请教问题，渐渐地，两个人也熟悉起来。

黎羽沫见他有进步，便交了一个比较简单的室内装修案子给他。

尹天有些忐忑，不敢接："羽沫姐，这个案子真的要交给我吗？"

黎羽沫点了点头："你刚来没多久，要是立刻接比较大的案子，我担心你做不好，就先从小一点儿的单子做起。"

"可我觉得我要学的东西还有很多。"

"我相信你。"黎羽沫勾唇一笑，十分美丽。

尹天看呆了，脸颊忍不住发热。他怕黎羽沫发现他的异样，于是飞快地接过她递来的文件夹，又激动又自信地大声说道："羽沫姐，我一定会做好这个案子，不让你失望的！"

黎羽沫笑了笑，觉得尹天实诚得有些可爱。

蒋小雨看着尹天拿着文件夹喜滋滋地回到自己的办公桌埋头便看，她眯了眯眼睛，小心翼翼地凑到了黎羽沫的身边，说道："羽沫姐，你不觉得这个尹天有点儿问题吗？"

“什么问题？”黎羽沫头也没抬地问道。

“我觉得他……好像对你有意思。”

“有意思？”黎羽沫愣了一下，不明白蒋小雨的话。

蒋小雨有些恨铁不成钢地看着黎羽沫，小声说道：“你难道没看出来尹天喜欢你吗？他看着你的时候，眼睛都是亮的，就像大灰狼在看小白兔一样。”

“扑哧”一声，黎羽沫笑了起来，又有些严肃地瞪着她，说道：“小雨，你是嫌我给你安排的工作太少了吗？”

“羽沫姐，我说的是真的，你居然还说我！”蒋小雨有些急了，“局外人是看得最清楚的，我觉得那个曾总才是最适合你的，哪怕是那个什么楚一集团的总经理也好啊。这个尹天看起来也还不错，虽然现在都流行姐弟恋，但我还是认为你和曾总比较配，他又高又帅又多金，简直就是……”

黎羽沫听她提到曾之翊，毫不犹豫地从抽屉里拿了一盒还没开封的饼干塞到蒋小雨的怀里，有些恶狠狠地瞪着她说道：“再让我听见你的声音，就罚你一个月不许在公司吃零食。”

蒋小雨一听这话，连忙在自己的唇边做了一个合上拉链的手势，然后抱着饼干灰溜溜地回到了自己的座位。她宁愿不说话，都不要不能吃零食，一天也不行！

自从尹天接了黎羽沫给他安排的工作之后，便开始废寝忘食地画设计稿，好几次都忘记去吃午饭。黎羽沫有些看不过去了，自己出去吃午饭时便顺便给尹天带了一份，放在他的办公桌上提醒他：“努力工作的同时，也别忘了吃饭，要知道，身体才是革命的本钱。”

“是，羽沫姐。”尹天立刻放下画笔，低头吃饭，还含糊不清地对黎羽沫说道，“羽沫姐，你对我真好。”

黎羽沫看着他清亮的眼眸，一时愣住了，不由得想起之前蒋小雨对她说的话，只觉得浑身都不自在，扔下一句“你好好吃饭”，便飞快地离开了。

而这时的她也没有注意到尹天一直都没有收回目光。

快下班的时候，黎羽沫接到了楚桥的电话，自从那天打电话给他被景悠接到后，她便再没有和他联系了，他也没有打电话给她。她觉得这样也好，楚桥的注意力如果能从她的身上转移，或者和景悠在一起，那便是最好不过的事情了。现在听说他和景悠想约她一起吃晚饭，她也很高兴，想也没想就答应了。

可是等她收拾好东西离开公司的时候，尹天却跟了上来，一脸笑意地对她说道：“羽沫姐，晚上有没有时间？我想请你吃晚饭，顺便和你讨论一下你给我的那个案子，我有了初步的想法，但怕自己做不好，想听听你的意见。”

黎羽沫想起之前蒋小雨提醒她的话，下意识地躲开他的目光，又温和地笑了笑，说道：“我晚上已经有约了，如果是……”

“那明天呢？明天晚上有没有时间？”尹天急忙打断了黎羽沫的话。

黎羽沫微微一愣，说道：“如果是想讨论案子，明天白天在公司也可以讨论。”

“对不起，羽沫姐，我有些急了。”尹天似乎看出了黎羽沫的心思，连忙低头道歉，又有些失落地说道，“自从我来到公司实习之后，你帮了我这么多，还教了我很多东西，我也只是想顺便请你吃饭，感谢你一下……”

“不用了，尹天，虽说你现在只是来公司实习，但将来也会进入公司工作。能帮公司带一带将来的优秀员工，我觉得很荣幸，你叫我一声羽沫姐，就算是对我的

感谢了。”黎羽沫一口气说完这些话，伸出手拦了一辆出租车，和尹天打了声招呼便上了车。

尹天看着黎羽沫坐着车离开，眼中蓦地闪过一丝怨恨。

03

黎羽沫赶到和楚桥常去的火锅店时，身穿连衣裙的景悠率先站起来和她打招呼：“羽沫，这里。”

黎羽沫微微一笑，加快脚步走了过去。

“我和楚桥等你好久了，以前你可不是这样的。”景悠有些埋怨地对她说道。

“下班高峰期，堵车啊。”黎羽沫无奈地说道，又望向楚桥，只觉得他的脸色有些苍白，便担忧地问了一句，“楚桥，你脸色不太好，是不舒服吗？还是最近工作太累了没有好好休息？”

楚桥没想到黎羽沫这么眼尖，愣了一下。

景悠见状，立刻替他回答道：“唉，他啊，都是因为之前车祸的事情，公司里堆了很多工作，这些天都在埋头处理，没有时间休息。我劝他也不听，所以变成现在这样的。”说完，她还瞪了楚桥一眼，对黎羽沫说道：“羽沫，你和他的关系最好了，你帮我说说他，哪有人为了工作连身体都不顾了，连我这个护士的话也不听，我真拿他没办法。”

“管得真多……”楚桥白了景悠一眼，端起水杯喝了一口水，暗自松了一口气。

黎羽沫从景悠的话里听出了他们之间的关系很亲密，笑了笑，又佯装生气的样子，说道："楚桥，之前虽说不严重，但你也要注意休息，别那么拼命，工作天天都忙不完。景悠是护士，你连护士的话都不听，还能听谁的话？还有我，你若是过得不好，我也会担心你的。"

楚桥看着她微笑的样子，点了点头："嗯，我知道了。"又低下头喝了一口水，此时此刻在他看来，自己的决定真的是对的。

在这个世界上，他最不希望黎羽沫为他担心了。

景悠立刻有些嫉妒地望着黎羽沫，叹了一口气，说道："羽沫，还真是你的话他才会听，我这个护士怎么说也算是半个医生了，我跟他说的话他都当耳旁风。不行，羽沫，你要帮我。"

说着，景悠冲她眨了眨眼睛。

"什么护士算是半个医生，上次问你一些护理保养之类的问题，你都答得不流利，医院里再多几个像你这样的护士，真是一场灾难啊！"楚桥又开了句玩笑。

黎羽沫笑了起来，只觉得他们两个人现在相处得似乎比以前读书时还好，这样真好。

两位女士吃东西的分量都不多，三个人便点了一份鸳鸯火锅，再叫上几瓶啤酒，吃得十分欢快。吃到了一半，几个人又聊到了读书时的事情，笑料不断。

"当年分开的我们现在重新聚在了一起，若是曾之翊也在就更好了，那也算是青春聚首了。"景悠似乎喝醉了，突然说出了这样的话。

楚桥和黎羽沫瞬间愣住了，气氛也有些僵。

景悠看着突然安静下来的楚桥和黎羽沫，不明白他们怎么不说话，又问了一句："你们怎么了？"然后又望向了楚桥。

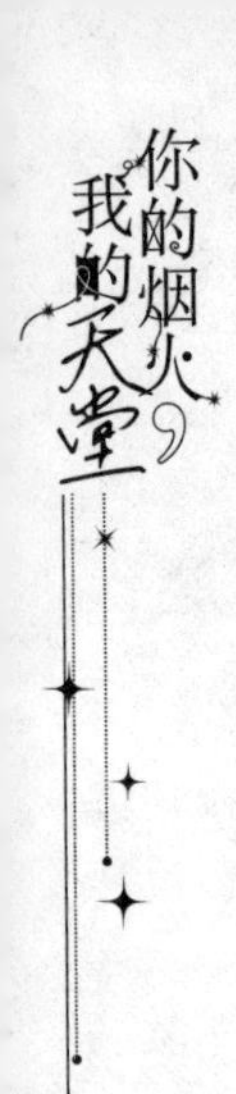

楚桥微微一笑，接过她的话，却是在问黎羽沫："羽沫，你和曾之翊怎么样了？"

"没怎么样，他应该不会再来找我了。"那天在牛肉米线店，她气走了他，若他还有那么一点儿骄傲，就不会再来找她了。

可是……这种隐隐有些期盼他来的心情是怎么回事？

想着，黎羽沫又给自己倒了杯啤酒，一口饮尽。

"羽沫，别再这样了。我可能不会再等你了，可他的心里还有你，这么多年了，我也看得出来，你的心里还有他。如若不然，和我在国外的那几年，你怎么一次都不敢提他的名字，回来了，也不敢去以前的学校看一看？羽沫，我不希望你看不清自己的心。你不能和我在一起，我不再强求了，可我希望你能过得幸福，这样的话，我也能安心一些。"

她是他在这个世界上唯一的牵挂，他希望在自己离开之前能看到她幸福，哪怕这份幸福不是他给的。

黎羽沫不明白楚桥为什么会对她说这样的话，因为这不太像他。她笑了笑，只说了一句："楚桥，你想让我幸福，那也要让我先看到你幸福。"

对她来说，他也是她最亲的人，她也希望他幸福。

离开的时候，楚桥想先送黎羽沫回家，但她拒绝了，兀自叫了一辆出租车扬长而去，她觉得自己不应该当一个闪亮的电灯泡。

04 

黎羽沫在离家还有一站路的地方下了车，之前因为高兴喝了一点儿啤酒，晕乎乎的感觉还没有散去。

她慢慢地往回家的路上走去。后来，她忍不住想，如果这天她没有下车，而是直接回到了自己的家，或者是自己的速度再快一点儿，她也许就不会碰到醉得一点儿也不清醒的曾之翊了。那么，他们两个人也许就不会发生之后的事了。

平常只需要走十多分钟的路，黎羽沫走了一个小时。夜晚的凉风将她吹得渐渐清醒过来，街边的路灯也将她的影子拉得长长的。她不自觉地想起了某个夜晚，她和曾之翊两个人下了晚自习，牵着手走在马路上，还傻兮兮地去踩对方的影子，那样简单且快乐。

意识到自己又在想曾之翊，黎羽沫忍不住伸出手轻轻地捶了捶自己，最近似乎总是会不自觉地想起他，他对她的影响也好像越来越深了，她喃喃地说道："黎羽沫，这样不好，真的不好。"

以前的事已经过去，现在也不可能，你不应该再这样想他了，哪怕是以前的他。

黎羽沫在心里骂了自己一句，然后加快脚步往小区走去。

已经将近10点了，平时会在小区里散散步的住户们也回到了家里，小区的花园里十分安静，黎羽沫几乎只听到自己的高跟鞋踩在水泥地上发出的声音。

很快，她走到了自家的楼下。正当她准备扶着扶手上楼的时候，眼角的余光却瞥见有一抹黑影歪倒在楼梯边，她一时忍不住走了过去，借着楼道的灯光看清了那人的面容。

她的心里咯噔一下，后退了好几步。

正闭着眼睛跌坐在地上的曾之翊听到声音，缓缓地睁开了眼睛。夜色中，他那双眼睛格外明亮，他看了黎羽沫几秒，然后扶着楼梯的扶手缓缓地站起来，踉跄着向她走近。

黎羽沫立刻闻到了曾之翊身上散发出来的酒味，眉头也瞬间皱了起来。他到底喝了多少酒，醉成这样子？可是看他的眼睛，又好像是清醒的。

他一步步走来，黎羽沫一步步后退，很快就被曾之翊逼到了墙角。她的心里很快就升起一股不安的感觉，想要逃开，可他一伸手，直接拦住了她的去路，将她牢牢地圈住。

“曾之翊。”黎羽沫有些恼怒地喊道。

“嗯。”

曾之翊轻轻地应了一声，声音里有些鼻音，听起来诱惑至极。他望着黎羽沫，轻轻一笑，笑容灿烂而明媚。

“你喝醉了？”

曾之翊笑着点了点头。

“喝醉了就应该回家，不应该来找我。”

“家？”曾之翊笑出了声，“我哪来的家？”

“曾之翊，别开玩笑。”黎羽沫别过脸。

“开玩笑……”曾之翊用一只手捏住她的下巴，逼得黎羽沫转过头来与他对视，唇边的笑意也越发深了，“黎羽沫，你真无情。”

话音一落，他俯下身狠狠地吻住了她，动作十分霸道。

黎羽沫被他的举动吓了一跳，一时之间忘记了反抗，直到那陌生而熟悉的气息一点一点地将她笼罩，她才彻底反应过来，用力去推他。可曾之翊更快地抓住了她胡乱挥舞的双手，牢牢地扣在她的身后。他一手紧抓着她的手腕，一手揽在她的腰间。

黎羽沫被他激怒了，整个人十分不配合地扭动着。可这样的举动让曾之翊更加霸道，长腿一伸，便将她的双腿抵在了墙上，使得她无法再动弹。他用力地吻着她，几乎不给她喘息的机会。

他吻得几乎忘情，身体仿佛被点燃了，他觉得此生最美好的事情就是像这样吻她，让她无法从他的身边逃开。

黎羽沫已经没有力气再反抗了，她睁大眼睛，看着曾之翊清晰可见的俊朗面容，心里的委屈让她鼻尖酸涩，眼泪瞬间落了下来。

他怎么能这样？

怎么能这样不顾她的意愿肆意地欺辱她？

他当她是什么？

酒醉之后的发泄品吗？

越这样想，黎羽沫心里越是委屈，整个人都在颤抖。

曾之翊吻到了她苦涩的眼泪，也察觉到了她的异样。他怔了一下，轻轻地放开了她的唇，借着暗黄的路灯看到了她脸上的泪水，心猛地一痛，眼底满是心疼。

曾之翊将她抱在怀里，用最温柔的声音安慰她："乖……别哭。"

他的声音沙哑动听，黎羽沫一听到这句话，眼泪越流越多了，连自己都不明白这是为什么。

"羽沫……"曾之翊有些慌了，手足无措地帮她擦着眼泪，可黎羽沫丝毫不理会他，只是默默地流着眼泪。

曾之翊最害怕看到她的眼泪了，他完全不知道该怎么办，心里苦得就像吃了黄连一般。

他将她紧紧地抱着，头埋在了她的颈间，喃喃地叫着她的名字。

不过一会儿，黎羽沫便觉得自己的脖颈间有些湿润。她渐渐停止了哭泣，想要推开曾之翊，却发现他已经睡着了。可即使是睡着了，他的手依旧还搂在她的腰间，丝毫都没有放开，而她也更清楚地看到了他眼角的泪水。

黎羽沫的心被狠狠地撞了一下，两行滚烫的泪水再次从她的眼眶涌了出来。

05 

这一夜，黎羽沫没有睡着。

曾之翊醉倒之后，她只好将他带到家里安置下来，好在曾之翊的酒品很好，睡着了也不再闹，可是空气里充满的气息让她越来越清醒。

她坐在窗台边直到天亮，见曾之翊还没醒，便悄悄地出了门。

上午留在公司画设计稿，指点一下尹天，中午午休之后，又带着尹天一起去看天翊广告公司的装修进度。

黎羽沫到的时候没有看到曾之翊，她忍不住想，会不会曾之翊还没有从她家离开，可他已经好些天没有来这里看看了……

一直在想着曾之翊的她，没有意识到身旁的尹天已经叫了她好几声。

“羽沫姐，你怎么了？是不是不舒服？我看你的脸色不太好，要不我陪你去医院看看？”尹天关切的声音在她的耳边响起。

黎羽沫愣了一下，然后摇了摇头：“我没事，只是昨天没有休息好。”

“羽沫姐，我觉得这里应该没有什么大问题了，你也不需要这样每天下午都跑来看看，这样太辛苦了。”尹天充满担忧地看着黎羽沫，眼神之中的关切毫不掩饰。

黎羽沫躲开他的目光，说道：“尹天，这是我的工作，这个案子是由我负责的。在装修还没有完成之前，我不能因为辛苦而不来这里，这是一个人对工作的态度和责任，你明白吗？”

尹天点了点头，看着黎羽沫那张秀美的脸，眼睛亮了几分，连呼吸都变得有些急促起来。趁着她转身看新装修出来的墙，他忍不住抬起手，缓缓地伸向了黎羽沫的肩膀。然而就在这个时候，他口袋里的手机突然响了起来，黎羽沫听到动静，回头看了一眼。

尹天吓得缩回了手，忙不迭地掏出手机，见是自己哥哥尹经理打来的，毫不迟疑地接了起来，说道：“哥，什么事？”

电话那头的尹经理不知道和尹天说了些什么，尹天的脸色变了变，又有些不舍地看了黎羽沫好几眼，最终叹了一口气，连连说了几声“好”，便挂断了电话。

黎羽沫看着有些不自在的尹天，问道：“怎么了？”

“我哥说我负责的那个案子的客户过来了，让我赶紧回公司。”

“那去吧。”黎羽沫没多想。

尹天有些犹豫，缓缓说道：“那……你回去的路上小心，我先回公司了。羽沫姐，再见。”

黎羽沫礼貌地向他挥了挥手。

尹天微微一笑，连连走了好几步才收回目光，飞快地往外面跑去。

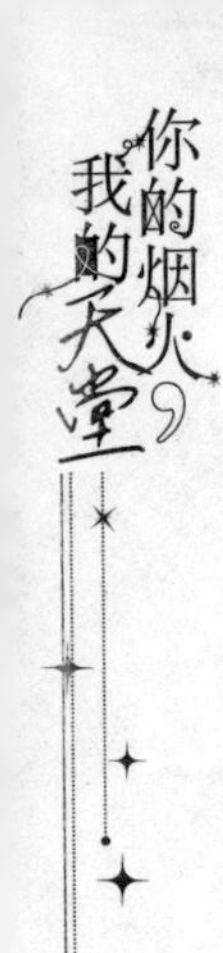

没有人注意到的角落里，曾之翊看着尹天清瘦的背影渐渐离去，唇角不自觉地勾起，迷人而诱惑。他低笑了一声，加快脚步往公司走去。

黎羽沫正专心致志地将装修成品与设计稿做对比，根本没有注意到身后有人在向她靠近。

曾之翊看着她美好的侧影，心变得柔软。他想到今天早上自己竟然是从她的床上醒过来的，那种感觉美好得不知道该怎么形容，而昨天晚上发生的那一幕也清晰地浮现在他的脑海中。为此，他一上午傻笑了好几次，中午本打算去公司约她吃午饭，到了之后才知道她又和尹天一起来看装修进度了。

那个尹天，一看就知道对黎羽沫用心不纯。他相信以她的聪明是看得出来的，可这样的她竟然还是将尹天带在身边，不就是总经理的弟弟吗？他有的是办法让尹天离开。

正当他准备伸手去拉黎羽沫的时候，装修工人惊呼了一声："小心，快让开！"

曾之翊抬头一看，只见天花板上的水晶吊灯因为工人的一时失控飞快地往下掉，而水晶吊灯的正下方站着的人正是黎羽沫。

看到这一幕，曾之翊的心跳突然停止了，来不及思考就冲了过去，飞快地将她推到一旁，自己却无法逃开。水晶吊灯砸到了他的背上，碎了一部分，随后才"啪"的一声落在地上摔得粉碎。

黎羽沫被推得差点儿跌倒，她一回头，看到了脸色苍白的曾之翊，声音颤抖地喊道："之翊！"

06

离开医院的时候，天色已经完全暗了下来。凉凉的风迎面吹来，将黎羽沫披散着的长发吹得有些凌乱。

曾之翊的伤不是很严重，但水晶吊灯的碎片扎进了他的背部，幸运的是并没有划出太长的伤口。打了消炎针后，便做了伤口消毒与包扎，医生的嘱咐也只是不能碰到水，每日再换药直至伤口结痂。

可是此时的曾之翊好像受了重伤一样，整个人歪倒在她的肩膀上，将身体的大半重量都压在她身上，让她每走一步都要用极大的力气，都快站不稳了。要不是看在他是为了救她才受伤的分上，黎羽沫真想就这样把他扔在医院门口。

更可恨的是，曾之翊一边走还一边有气无力地指责她："黎羽沫，你真没良心。"

没良心？

她觉得她已经够有良心的了！

黎羽沫懒得理他，扶着他走到了路边去拦车。

将曾之翊半推半扶地扔进了出租车里，黎羽沫也坐上了车，毫不迟疑地问他："你家在哪里？"

"你要送我回家？"曾之翊愣了一下。

"不然呢？"黎羽沫皱着眉头看着他，"你受伤了，应该早点儿回去休息。"

"你这是关心我，还是在赶我？"曾之翊低笑一声，眼眸在夜晚显得十分明亮。

黎羽沫被他看得有些心虚，别过脸不回答他。

前座的司机有些不耐烦了，扯着嗓子问道：“到底走不走？”

“去红门餐厅。”曾之翊报了地点。

司机立刻启动车子。

“我在红门餐厅订了位子，现在正好饿了，去那里吃饭。”曾之翊侧过头望着黎羽沫，语气十分轻松，“你应该知道红门的位子不好订，既然已经订了，就不应该浪费。”

黎羽沫默默地回过头，认真地看着眼前的这个男人，将记忆之中那张青涩的脸与他现在的脸慢慢重合，她的心脏也在这一刻跳得十分有力。

黎羽沫啊黎羽沫，即使你再怎么努力，再怎么想要远离这个人，你的心是欺骗不了你自己的。你看到他受伤的时候会紧张，冷漠地赶他离开的时候心也会痛，也许你这辈子都无法逃开这个人了……

看到黎羽沫没有反对，曾之翊的心情极好，虽然没有再说话，可这一路上都是带着微笑。

到了红门餐厅，黎羽沫率先下了车，又想到曾之翊现在是伤员，便伸出手要扶他下车。曾之翊见状，也不和她客气，将她的手牢牢地挽在了自己的臂弯里，又怕她会退缩，用力地抓紧了她的小手。

她的皮肤真好啊！

摸起来又细又滑，就像上好的绸缎，唯一不好的就是冷得像冰。

难道是冻到了？

曾之翊有些心疼，转而用自己的大手包裹住她的小手，将掌心的温度传递给她。

黎羽沫怔了一下，低下头看着他们的手，感受着那温暖，心跳的速度仿佛加快了。她深深地吸了一口气，才渐渐平复下来。

红门餐厅不愧是市里有名的餐厅，在服务员的带领下，黎羽沫和曾之翊来到了提前预订好的位子。

“知道你比较喜欢靠窗户的位子，就特意预订了这里。”曾之翊十分绅士地拉开椅子，让她先坐下，“这应该算是自重逢以来，我们两个人正式单独吃晚饭吧。”

如果不是因为下午发生的事情，她也许根本不会像现在这样愿意跟他来这里。

曾之翊第一次庆幸自己受了伤。

“谢谢你。”黎羽沫突兀地说了这句话，清亮的眸子定定地望着曾之翊，“你之前救了我，我还没有对你说声谢谢。既然已经到了这里，那这顿饭就算我感谢你了。”

曾之翊没有想到她会说出这样的话，正在倒茶的手僵在了半空中，他就知道不应该抱太大的希望。

“嗬……”曾之翊低低一笑，却也没有再说什么，只招来了服务员点菜，“你想请客的话，那我就不推辞了。”

说完，曾之翊拿上菜单，一口气点了好些价格不菲的菜。

黎羽沫看着他气定神闲的模样，又听着他点的那些菜名，眉头忍不住皱了起来。

曾之翊瞥了她一眼，注意到她的神色，说道：“难道……是觉得我点的菜太多了，你没有钱埋单？”

“不是。”黎羽沫摇了摇头，看向服务员，嘱咐道，“菜里不要加蒜、姜，还有酱油，牛排换成鸡排，就这样。”

服务员看了曾之翊一眼，见他什么都没说，便默默地记了下来，转身去安排。

气氛一时间有些安静。

曾之翊没有想到黎羽沫会说出这样的话来，呼吸都轻了几分。他看着黎羽沫那张在灯光下倾城的面容，突然好想上前将她紧紧地拥在怀里。她还是关心他的，不是吗？

她虽然表面上很冷漠，一直在想方设法推开他，可她的心里还是有他的，她还是他的黎羽沫啊。

这样的感觉好像让他回到了十七八岁的时候，美好得让他下一刻就可以毫无遗憾地死去。

正在他想着要怎么和黎羽沫说话的时候，一个熟悉的女声突然在他的耳边响起，声音里充满了惊喜：“曾之翊！”

曾之翊抬头一看，看到那个女人的面容时，眼底闪过了一丝惊讶。

“真的是你啊，曾之翊！”女人的笑声如银铃般动听，一时间吸引了餐厅里所有人的目光。

黎羽沫看到她的面容时，也惊呆了。

是凌霜霜，当年那么喜欢曾之翊的凌霜霜。

“黎羽沫？”凌霜霜有些不确定地叫出了她的名字，“多年不见，没想到你越来越漂亮了！”她又看了看曾之翊，感叹了一句，“真没想到你们还在一起，可见你们的感情真的很深，可笑的是，毕业之后我还对你念念不忘。”

曾之翊笑了笑，漫不经心地喝了口茶，然后才回答凌霜霜的话：“我们没在一起，毕业以后我们就分手了，不过现在是我在追她。”

凌霜霜了然地看了看黎羽沫，半开玩笑半认真地说道：“那……不知道我还有没有机会？”

机会？

凌霜霜还想和曾之翊在一起吗？

一股酸意立刻从她的心里蔓延开来，黎羽沫咬了咬下唇，手也默默地握紧成拳，不知道在想些什么。

曾之翊也注意到了黎羽沫那细小的举动，她是听到了这样的话，觉得不安了吗？

凌霜霜看出了黎羽沫的挣扎，笑了笑，目光一转，望向了一个穿着名贵西装、正向她走来的英俊男人，笑道：“老公，你来了，我在这里遇到了两个老同学！”

这个称呼一出，黎羽沫立刻望了过去。只见凌霜霜亲昵地挽住那男人的胳膊，脸上的笑容十分甜蜜灿烂。既然会这么叫，那就说明凌霜霜已经结婚了，刚才说的话只是在和曾之翊开玩笑。

她瞬间松了一口气。

凌霜霜向她的老公介绍了曾之翊和黎羽沫，听说他们是凌霜霜的同学，当下就对红门的大堂经理吩咐他们这顿饭由他请了。黎羽沫这才从话里听出来，原来凌霜霜的老公是红门的老板，一时间感慨万千。

“半个月后，也就是下个月8号，是我结婚的日子，如果那天你们有空的话，就一起来参加吧！”

和曾之翊一起吗？

黎羽沫对参加宴会什么的一点儿兴趣也没有，之前楚桥常有宴会邀请需要她的陪同，她都通通拒绝了。

她想了想，找了个理由，也半开玩笑半认真地说道：“凌霜霜，你不怕我在你结婚那天会抢了你的风头？”

果然，凌霜霜愣了一下。她看着黎羽沫那双明亮如水晶般的眼眸，一时间印象中那个肆意张扬的少女好像突然回来了，黎羽沫应该是在报复她刚才说出那样的话吧。

真有意思，明明没在一起，却还是在乎曾之翊的。

“黎羽沫，我承认我没有你漂亮，但我现在绝对比你幸福，也比你勇敢。”

07 

凌霜霜的话让黎羽沫失去了胃口，看着满桌精致而且价格不菲的菜，她整个人就像是失去了灵魂的木偶一般。

幸福与勇敢，这两样东西早在7年前就已经离她很遥远了，而她现在已经没有资格拥有了。

见曾之翊吃得差不多了，黎羽沫招来了服务员埋单，丝毫没有将之前凌霜霜老公说的话放在心上。

服务员见推脱不过，便有些为难地收了下来。

曾之翊早已看出黎羽沫心情不佳，走出餐厅大门时，见她被冷风吹得缩了缩脖子，想也没想就将自己的外套脱下来披到她的肩上。

黎羽沫微微一愣。

“被凌霜霜的话刺激了？”曾之翊低笑道，“多年不见，她真是一如既往的像公主一般骄傲，可是羽沫，你却变了。”

你变得胆小懦弱了。

黎羽沫一点儿也不想和曾之翊谈论这些，她眼神一暗，冷声说道：“曾之翊，你再提一个字，我就不再管你了。”

这是踩到地雷了吗？

如果是平时，他也许会觉得高兴，可是现在，他的心里只剩下痛苦与悲伤。他甚至觉得，黎羽沫会变成今天这副模样都是因为他。一想到这个，他连呼吸都是痛的，面对这样的她，他不知道自己还能做些什么。

回去的时候，黎羽沫很安静，也没有问他家的地址，出租车直接往黎羽沫家的小区开，已经过了高峰期，一路顺畅。

黎羽沫下了车也不再管曾之翊，但曾之翊不能不管她，也没在意自己背上痛得就像撕裂了一般的伤口，脚步飞快地跟在黎羽沫的身后。

黎羽沫上楼，曾之翊也跟着上楼。

黎羽沫开了门，曾之翊也跟着她走了进去。

曾之翊很意外，黎羽沫好像当他不存在一样，不斥责他随意进她的家门，她只是安静地走进了自己的房间，“啪”的一声关上了门。等到曾之翊跟上去的时候，却发现门已经被她反锁了。

曾之翊愣在了原地，这样的黎羽沫真的很反常，反常得让他害怕。他宁愿她打

他骂他，像一只刺猬一样指责他，都不要她这样无视他。

房间里，黎羽沫倒在了自己的床上，不管不顾地拉了被子往自己的身上盖去，将自己整个人包得严严实实，连透气的空间都没有。只有这样，她才觉得自己的心不那么冷。

曾之翊站在门外，唤了她一声：“羽沫。”

没人应。

曾之翊又叫道：“黎羽沫。”

依旧没有任何回应。

黎羽沫紧紧地裹着被子，她的心里住了一个孤独的小女孩。就好像7年前她被楚桥带出国时，她也像现在这样用被子裹住自己，才能感觉到那一丝温暖与安全。

而这些东西再也没有人能给她了。

等了许久，曾之翊没有听到房间里有任何声响，只好静静地坐在客厅里。她不出来，他便只有等，等到她出来为止。

这一夜很漫长。

曾之翊听着秒针走动的声音，一颗心也好像随着它一起慢慢沉下去。他一直望着黎羽沫房间的门，期盼着她能走出来，骂他也好，赶他出去也好，也好过这样不声不响，让他心绪不宁。

不知道等了多久，原本黑暗的天空隐隐透出了一丝光亮。

天快亮了。曾之翊维持着同一个动作坐了一夜，身体早已僵硬得麻木了，而就在这个时候，门锁转动的声音突然响了起来。借着那微弱的光，他看到了缓缓走出来的黎羽沫。

她穿的还是昨天那套衣服，整个人精神十分不好，面容透出一种苍白，眼底浮现着深深的黑眼圈，一看就是整个晚上都没有睡。

看着她，曾之翊的心里泛起一丝心疼，就连叫她的声音都十分沙哑：“羽沫。”

黎羽沫循着声音看了过去，眼睛渐渐有了焦距，眉头也瞬间皱了起来，不悦地问道：“你怎么还在这里？”

曾之翊被她问得噎住，几秒后才微微一笑，有些担忧地问她：“一晚上都没有睡吗？”

黎羽沫也不回答他，绕过他直接往洗手间走去，眼角的余光却瞥见曾之翊身上那件雪白的衬衣后已经被鲜血染红了。

她的心里咯噔一下，这才想起昨天发生的事情，他为了救她受了伤，后来似乎还拉扯到了伤口，而她还不管不顾地让他这样坐在客厅里一夜没有休息。想着，她忍不住骂了自己一句，转身往门口走去，脚步十分快。

曾之翊以为她又要跑，毫不犹豫地冲上前拉住她，语气里带上了一丝怒意：“又要去哪里？”

手腕上的温度有些烫手，黎羽沫没有挣开他，用另一只手碰了碰曾之翊的额头，然后猛地缩回了手，说道：“等我一下，马上回来。”说完，她像风一样离开了家。

08 

黎羽沫跑到了小区附近的药房买了药、纱布等等一些东西，又飞快地回来了。

进了门，她一句话也没说，拉着曾之翊坐在了沙发上，命令道：“脱衣服。”

曾之翊愣了一下，但看到她那双眸子时，便明白了她的意思，乖乖地脱掉了衬衣。

黎羽沫静静地给曾之翊拆掉已经满是鲜血的纱布，然后消炎，擦药，再重新包扎起来。因为从来没有帮人包扎过，一时间有些手忙脚乱，但最后还是包好了，美观度比医院的护士包扎的差太多了。

因为受伤的关系，曾之翊有些低烧，脸色十分不好，可他的眼睛十分亮。他看着黎羽沫递来的水杯和退烧药，却没有动。

距离上一次被她照顾有多久了？

那一夜，知道真相的他不顾大雨跑到她家来找他，为父亲所做的事情向她道歉，他在雨中跪了好几个小时，终于让她有那么一丝动容，想着看他的表现再决定原不原谅。而淋了雨的他却病倒了，高烧到了39℃，好几天都降不下来。

那时的黎羽沫也曾细心地照顾过他，叮嘱他吃药，见他发高烧还要来学校上课，还当着很多人的面责骂他……

虽然被一个女生这样“欺负”，那时在他的心里是一件挺丢脸的事情，可是后来想起，却是满满的温暖。

只是这样的美好没有持续多久，每想起一次，他的心就痛一次。

“你伤成这样，也不用再去看什么装修进度了，你愿意留在我这里也好，回自己的家去也好，我都不管你。”

黎羽沫略带几分冷漠的声音打断了他的思绪，一抬头，却见她已经将东西都收拾好了。

“你不赶我走了？”曾之翊有些意外，心里却隐隐生起了一丝期盼，是不是她心软了，不会再拒他于千里之外了？

“我是个有良心的人。”

黎羽沫只给了他这个回答，便去了洗手间，再出来的时候，已经换上了一套干净的衣服，长发绾起，妆容精致。

看着她，曾之翊的心跳突然变得剧烈了。等到他再回过神来时，黎羽沫已经离开了。

黎羽沫虽然嘴上说不管曾之翊，但出了小区后，还是在那家能外送的早餐连锁店给他点了一份精致的营养早餐。早餐店的老板和她很熟，本以为是点给她自己的，听了她后面说的话之后，才明白她家里还有人。

店里的老板看了太多的人，早已是人精了，立刻明白了她的意思，就连看黎羽沫的眼神都有些暧昧起来。她被他看得只拿了杯豆浆就落荒而逃。

到公司的时候还早，除了打扫卫生的阿姨，几乎没有一个员工。只是令黎羽沫疑惑的是，连阿姨看她的眼神都有些异样，让她心里发毛。还没走到自己的座位，黎羽沫就看到了满桌子的花，一束一束地将她的桌子堆得满满的，各种各样的都有，她瞬间就明白了阿姨为什么会那么看她了。

黎羽沫认为自己认识的人并不多，楚桥知道她不喜欢花，是不会给她送花的。曾之翊一直和她在一起，就算她离开了家，他也应该没有时间给她安排这些吧，那么送这么多花给她的人到底是谁呢？

费了一会儿工夫，黎羽沫将堆满了她桌子的花通通移到角落里，很快就堆成了一座小山。正当她以为可以坐下来开始工作时，却一连有好几个陌生的工作人员排

着队来到她的面前。

“请问是黎小姐吗？”

他们异口同声地问她。

黎羽沫愣了一下，点了点头。

“请签收一下。”

又是异口同声。

黎羽沫看着这几束花，又看了看被她堆在角落的花，忍不住皱起了眉头，问道：“你们确定是送给我的吗？那你们能透露一下是谁送的吗？”

“是一位叫尹天的先生。”

尹天……

黎羽沫的心不由得沉了下去，她已经不是十七八岁的小女生了，尹天这一大早就送这么多花给她，目的不言而喻。

在她的眼中，尹天只是一个弟弟，她会带着他，也是因为他是尹经理的弟弟。她总是有意无意地躲着他，可即使是这样，也没有办法避免这样的事情发生吗？她觉得有些头疼。

在快递员的催促下，黎羽沫无奈地签下了单，将几束花和刚才的那些堆在了一起。

随着公司员工的到来，那一堆花也渐渐变成了众人的焦点之一，焦点之二就是一直埋着头看文件的黎羽沫。

“看到了吗？看到了吗？听说那些花都是总经理的弟弟送的。”

“就是那个实习生尹天吗？”

“真是大手笔，这么多束花应该要花不少钱吧！”

“黎羽沫真是太有福气了，先是有一个楚一集团准继承人的绯闻男友，后来又有一个天翊广告公司的曾总，现在连总经理的弟弟也迷上她了，真是让人羡慕啊……”

“是啊，我们也只有羡慕的分儿，谁让人家长得漂亮呢？”

……

公司里的员工闲来无事就喜欢讨论这样的事，比这些更难听的话黎羽沫也听过不少。刚进公司的时候，没有人相信她的实力，接了好的案子，所有人都猜测她是靠着自己出色的长相和总经理有了见不得人的交易。直到后来，她渐渐用实力证明，才将那些言论压了下去。虽然还是有人怀疑她的能力，却也不敢再明目张胆地猜想与嫉妒了。

只是现在，仅是这样的言论，就足已让黎羽沫头疼了。

“羽沫姐，这些花真的都是尹天送的吗？”蒋小雨凑到黎羽沫的耳边开始嘀咕起来，“没想到他还挺浪漫的嘛……”

黎羽沫抬起头，沉声问道：“之前交给你的工作都做完了吗？”

蒋小雨一愣，立刻闭上了嘴巴。每次只要黎羽沫说这句话，她就会灰溜溜地回到自己的座位上不敢再说一句话。

然而就在这个时候，不知道人群中是谁惊讶地叫了一声，所有人的目光都投向了大门口——

“啊，好漂亮的玫瑰花！”

09

尹天抱着一大束火红的玫瑰花朝黎羽沫走了过来，脸颊微微泛红，目光灼灼地望着坐在几米以外的黎羽沫。他很紧张，昨天被他哥一个电话催回来之后，才知道根本没有什么客户过来，是因为天翊广告的曾之翊和他哥通了气，所以才会有后来的事。

他知道曾之翊对黎羽沫有意思，可是黎羽沫从来都没有回应不是吗？既然这样，他还是有机会的，而且，难道亲生的弟弟还比不过一个合作伙伴吗？凭什么不让他争取？

黎羽沫很想躲开这样的场景，如果是私下里这样做，她还能给尹天留点儿余地，可现在是不能了。

她默默地叹了一口气，再望去的时候，尹天已经站在了她的面前，笑容温柔，声音诚恳："羽沫姐，我从见到你的第一面起就喜欢上你了，请你当我的女朋友吧！"

换了是别人，看着尹天抱着99朵玫瑰扎成的大花束，再被他当着所有人的面表白，虚荣心一定会得到很大的满足，甚至是十分欣喜地接受了，可她不是别人，是黎羽沫。

虽然很不想伤害尹天的自尊心，但黎羽沫除了当众拒绝他，就没有别的办法了。

想了想，她站起来，认真地望着他，问道："你喜欢我比别人有才华吗？"

尹天愣了一下。

“还是喜欢我比别人长得漂亮？”黎羽沫又问，“尹天，在你眼中，我又是一个什么样的人，你了解吗？”

“羽沫姐，你是一个很有才华的设计师，我欣赏你，也喜欢认真工作的你。也许我现在还不够了解你，可是只要你给我这个机会，我相信我会了解你的。”尹天有些急了。

“可是在我的眼中，你只是尹经理的弟弟，只是需要我带一带的后辈，而且你不了解我，我从来都不会喜欢比我小的男孩。”黎羽沫说得很直接，面不改色，认真而严肃，并不是在开玩笑。

尹天信了。

他的脚步后退了一点儿，力气也一点点地退去，几乎快要抱不住怀里的玫瑰花了，他声音沙哑地问道：“真的一点儿机会也没有吗？”

黎羽沫坚定地点了点头。

尹天低下头，一时间不知道该说什么好。公司所有人的目光都聚集在他的身上，窘迫感也从脚底开始蔓延，他的脸也不由自主地红了，抱着玫瑰花转过身，匆匆地离开了公司。

看着他的模样，黎羽沫有些心软，她无奈地叹了一口气，无视那些落在她身上的目光，重新回到工作中。

很快便到了下午。

黎羽沫在出发去天翊广告看装修进度时，发现尹天没有回来。她只好叹了一口气，独自一人离开了公司。

而同一时刻，曾之翊却去了楚桥的公司。

他觉得如果没弄清楚和黎羽沫分开的这7年，在她身上发生了什么事情，他就没办法真正接近她。

楚桥在和其他几位经理开会，秘书便让曾之翊在外面等了许久，直到会议结束才通知楚桥。

楚桥听到曾之翊的名字时愣了一下，便吩咐秘书将他带进了办公室。

“楚桥，我来是有一些事情想要问你。”曾之翊站在楚桥的面前，率先问道，“我想知道和你一起在国外的几年里，羽沫到底发生了什么事情。”

听到这话，楚桥又愣住了。他默默地看着眼前这个男人，突然低笑一声，站起来直视着他：“曾之翊，你真想知道？”

“是。”

“那我劝你先做好心理准备，那些事情不见得是你能承受得起的。”

曾之翊的心猛地一跳，面色有些凝重起来。他突然有一种很不好的预感，似乎自己想要听到的事情真的会让他承受不起。

安静了许久，曾之翊确定了自己的想法，深深地吸了一口气，说道：“你说吧，我准备好了。”

10

下午4点。

看完天翊广告的装修进度之后，黎羽沫直接打车回家。本以为开门后会见到曾之翊，却没有料到自己面对的是空荡荡的屋子，有被打扫过的痕迹，无不证明着他离开之前又充当了一次清洁工。

看着干净的房子，黎羽沫皱起了眉头，他就这么不顾自己的身体吗？

不知道他背上的伤口裂开了没有，这么大的人了，居然还让人这么担心。而且离开了也不和她说一声，当这里是他家，想来就来，想走就走吗？

黎羽沫越想越气愤，一屁股坐在了沙发上，掏出手机就要给曾之翊打电话，可当她找出他的号码正要拨出去时，她的手僵住了。

这算什么？

他走了就走了，她不是应该高兴吗？还打电话给他做什么？

她觉得自己有些多管闲事了。

想着，黎羽沫又将手机收了回来，闭上眼睛，整个人窝进了沙发，就像失去了力气一般。不知道维持了这个动作多久，恍惚间，她好像闻到了饭菜的香气。睡梦中的她不由自主地皱了皱眉头，意识也渐渐清晰起来，她努力地睁开眼睛。

“醒了？”声音有些熟悉，好像是曾之翊。

曾之翊？

黎羽沫猛地睁大眼睛站起来，映入眼帘的是他温和内敛的微笑。那一瞬间的感觉，她不知道应该怎么形容，像是一颗空寂了很久的心突然被一抹暖意填满。

“你不是走了吗？”

“你就这么希望我走？”曾之翊有些怒了，“喂，黎羽沫，我怎么说也算是你的救命恩人吧？”

黎羽沫语塞，脸色也有些不自然了。直到曾之翊叫她吃晚饭，她才磨磨蹭蹭地坐到了餐桌旁，低下头大口地嚼着米饭，口齿不清地对他说道：“你不用这样的，不用给我打扫房子，不用给我做饭，你又不是我的保姆。”

“呃？”曾之翊微微一愣。

“你为了救我受了伤，现在还带着伤做这些，是想让我欠你的越来越多，无法去还吗？”黎羽沫心中十分苦涩。

曾之翊听着这些话，突然笑了起来。他看着黎羽沫，不由得心一软，柔声说道：“我就是要让你欠我，就是要让你还不了，只有这样，你才无法将我推开了。黎羽沫，你还不明白吗？”

第八话
08
CHAPTER
沉陷
YOUR
FIREWORKS,
MY HEAVEN

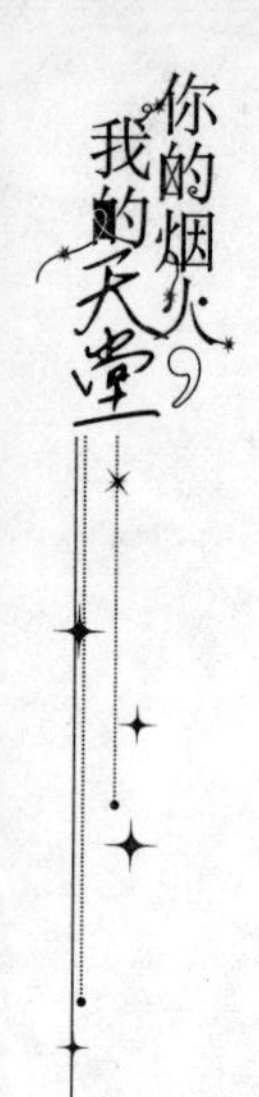

若真的必须要有一个人来承受这一切，那就让我成为这个人。

01 

自那一天后，每天黎羽沫下班回到家里，都会看到曾之翊认真做饭的身影。因为他的存在，她的家里再也没有了之前一个人住时的空荡冰凉，而曾之翊背上的伤已经开始结痂，渐渐好了。

好像从这一刻开始，一切都变得美好了。

曾之翊也觉得自己正往她的心里一步一步地走去，他小心翼翼地对待她，极尽自己的力量，唯恐她会毫不留情地将他推开。他想要将她的心捂热，而她生命里所有的黑暗与伤害，他也会通通隐藏起来，让她变成那个在他的生命中肆意张扬的骄傲女孩。

离凌霜霜的婚礼还有一天的时间。

正逢周末，曾之翊早早地来到了黎羽沫的家里，用钥匙开了门。没有听到任何动静后，他小心翼翼地进了她的房间，却看到一张仿佛没有人睡过的床。他的眉头微皱，又打开了书房的门，这才看到了黎羽沫。

她正趴在书桌上睡觉，整个人十分没有形象，那模样看起来累极了。看着这样的画面，曾之翊无奈地摇了摇头，心却疼了一下。

他轻手轻脚地走过去，在不吵醒她的情况下将她抱了起来，正要往外面走去，眼角的余光瞥到了书桌上的一幅画。那是一幅极简单的素描，似乎还没有画完，但也足够让他看清楚上面的人是自己。他的心脏猛地缩了一下，甚至还涌出一股异样的感觉。他低下头看了看黎羽沫的睡颜，又不由自主地将她抱紧了几分，再次轻手轻脚地向外走去。

只是他没有注意的是，他这一用力，黎羽沫眉头一皱，醒了过来。

她迷迷糊糊地睁开了眼睛，看到了曾之翊的下巴。随着他的移动，她立刻明白了此时的状况，又想到自己刚才不知不觉中画了他的素描像，不由得有些窘迫起来。但理智告诉她，现在最好的办法就是继续装睡，她实在不知道在这样的情况下要怎么面对曾之翊。

曾之翊将她稳稳地放在了床上，细心地给她盖上了被子，又安静地坐在床边，静默无声地看着她。

距离上次看到她画他有多久了？

那是一个阳光明媚的中午。

他一个人在图书馆查资料、复习功课，没过一会儿，就看到她拿着一堆画纸出现了，还找了一处没有人的角落坐下，低下头开始画画。

他从来都没有见过她那么认真的样子，阳光从窗外照射进来，给她整个人都镀上了一层淡淡的金光，美丽得如梦似幻。她的侧脸极美，五官也很精致，远远地看着就像一幅画，看得他的心跳越来越快。

不知道她在画些什么，越画越开心，最后还低低地笑出了声。那模样看在他的眼中竟是那么美好，他也勾唇一笑。

不过一会儿工夫，她就停下来接了一个电话，不知道是谁打来的。她没有说几句话就收拾东西离开了，匆忙之中连一张画纸遗落了都不知道。

他想也没想就离开座位向她疾步走去，刚想叫住她，她却已经像一阵风似的跑了出去。等他走到她的座位旁，捡起那张画纸时，才惊讶地发现纸上的素描像是他自己。

她画得极好，线条简单却十分逼真，只是不知道为什么，她还给他画上了胡子，让他看上去老了10岁。

这是她的恶作剧吧？

他小心翼翼地将这幅画收了起来，已经将这幅画视为了自己的东西，不打算再还给她了。

想到这里，曾之翊笑了起来。

她现在又在画他，是不是代表在她的心里他已经开始变得不一样了？

这一睡，黎羽沫又睡了两个小时，直到曾之翊来叫她，她才慢悠悠地起床，吃着他准备好的早点。

“还记得明天是什么日子吗？”曾之翊坐在她的对面问道。

黎羽沫摇了摇头，不是她的生日，似乎也不是他的生日，她不明白曾之翊问这个做什么。

“凌霜霜昨天给我打了电话。”

一句话就足以让黎羽沫明白了：“婚礼？”

曾之翊点了点头。

黎羽沫记起那天凌霜霜说的日期，便问道：“今天是7号吗？”

“嗯，她的婚礼是明天。”曾之翊笑了笑，“她这么诚心邀请我们去参加，不去好像不太好吧？”

“嗯。”黎羽沫一边吃一边点头，表示赞同，的确，不去是不太好。

“那快吃，吃完我们就去逛街。”曾之翊说道。

02

黎羽沫无法想象，曾之翊从前那么讨厌逛街，现在却能逛得比她还要起劲。这让她说不出是什么感觉，只能默默地感叹时光的伟大。

足足挑了好几个小时，曾之翊最终给黎羽沫选了一件黑色的小礼服。见他给自己挑了一件黑色的西装，黎羽沫忍不住发表了意见：“曾之翊，只是一个同学的婚礼，你用得着穿这么庄重的衣服吗？还自作主张地给我挑衣服，有没有问过我的意见？”

“凌霜霜要嫁的人不一般，去参加她的婚礼，当然要慎重。而且，你那天不是说了要抢新娘子的风头吗？”

她那天是在开玩笑好吗！难道他还把她说的话当真了？

黎羽沫脸色一沉，还想说些什么，手机却突然响了起来。掏出来一看，打电话的人正是从那天之后就没有出现的尹天，她有些犹豫，不知道这个电话该不该接。

半晌之后，铃声断了。

黎羽沫松了一口气，正要放回去，尹天又打了过来。她看了一眼曾之翊，见他正在收银台埋单，便接了起来。

尹天的话很简短，就那天的意外表白向黎羽沫道歉，对自己给她造成的困扰感到十分抱歉。他对黎羽沫说，他已经想明白了，感情的事情不能强求，只希望她还会像对待同事一般对待他。

对于这个像弟弟一般的斯文男生的真诚心意，黎羽沫只能选择接受，又嘱咐了要他回公司上班之后，便挂断了电话。

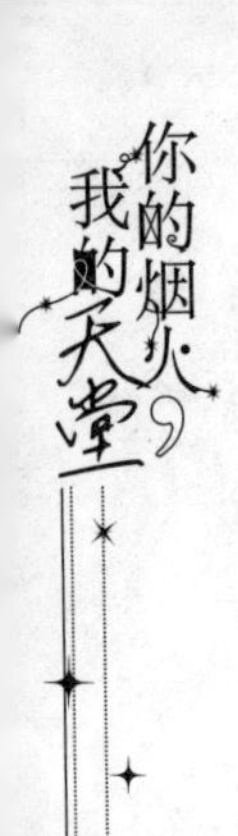

"谁给你打的电话？"曾之翊的声音突然传了过来。

黎羽沫回过头，见他正挑着眉饶有兴致地望着她，便不甘示弱地说道："我为什么要告诉你？买好了吗？我可以回去了吗？"

曾之翊笑了笑，只觉得黎羽沫现在这副模样好像有些心虚，就好像做错了事情被丈夫发现的小媳妇。

真是可爱。

曾之翊心一软，说道："先去找个地方休息一下，吃点儿东西吧，你不累吗？"

黎羽沫瞥了他一眼，轻哼了一声，转身便往外面走去，曾之翊又笑了笑，跟了上去。

两人在附近找了一家餐厅，吃到一半的时候，黎羽沫意外地看到了楚桥和景悠。两个人似乎是单独出来的，隔着远远的距离，她隐约看到了楚桥在笑。

两个人在一起好像挺开心的，要不要打个电话叫他们过来一起吃饭？

黎羽沫想了一会儿，抓起手机给楚桥打了一个电话。

站在大街上的楚桥突然接到黎羽沫的电话，一时间愣住了。景悠也看到了手机屏幕上闪现的名字，悄悄地转身走到一旁不打扰他。

楚桥犹豫了好一会儿才接通电话："喂，羽沫。"

"我看到你和景悠在一起了。"黎羽沫远远地看着窗外的那两个人，声音里听不出情绪。

"嗯，景悠说今天天气好，想让我和她一起出来逛逛。你呢？别告诉我你是一个人在外面。"楚桥笑了笑。

黎羽沫看了看对面正安静地看着自己的曾之翊，答道："我和曾之翊在离你不远的一家餐厅吃饭，你和景悠也一起过来吧，我们一起吃饭。”

楚桥犹豫了，看着人来人往的人群，又看了看站在一旁的景悠，半开玩笑半认真地说道：“不了，我想单独和景悠一起吃饭。”

“这样啊……”黎羽沫喃喃地说道，但很快她便明白了，笑道，“也好，你现在就多陪陪景悠吧，以后我们还有很多机会可以在一起吃饭的。”

“嗯。”楚桥点了点头，“下次我再约你和曾之翊，你们要好好的。”

“我……”黎羽沫还想再说些什么，楚桥却“啪”的一声挂断了电话。

她抬起头，看着渐渐消失在人群中的那两个人，心中突然有些怅然。

“怎么，楚桥和景悠在一起，你心里不高兴？”曾之翊的话里泛着些许酸意，“还是你舍不得他？”

舍不得他？

没有。

黎羽沫摇了摇头，楚桥是什么样的人，她十分清楚，他一定是因为听到她说和曾之翊在一起，所以不来的，而且他还和景悠在一起。

她不知道楚桥是不是真的喜欢景悠，但最近一段时间，景悠常常陪在楚桥的身边，每次打电话的时候有多次都是景悠接的。她也不想再打扰他们，她有自己要走的路，而楚桥也有他自己的幸福。

她给不了他想要的，却能毫不犹豫地祝福他。

这一生，她最希望他能幸福。

想了想，她答道：“我只是有些不习惯，那个以我的生活为中心，处处以我为先的楚桥，渐渐离开了我的身边，有了他自己的生活，而我现在也终于可以放下心里的不安与愧疚了……”

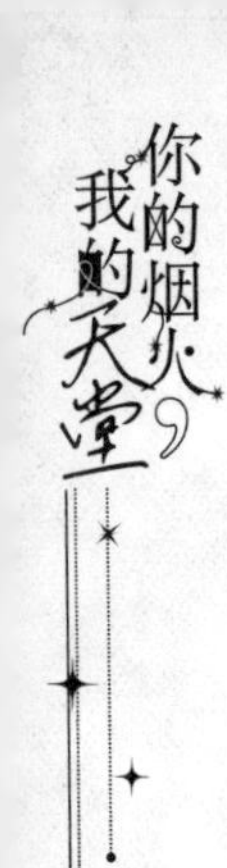

话音一落，她的手就被握住了，只听到曾之翊声音温柔却带着力量地说道：“我知道楚桥在你心中的地位，也明白你的感受，但每一个人都有他自己应该过的生活。能有一个人陪伴他，是最好不过的事情了，我们旁观的人只需要祝福他便好。而对于我来说，你若不走来，我便只好跟上去，必定不会再让你一个人。”

黎羽沫微微一愣，突然笑了起来，眼里也隐隐闪烁着泪光，心里有一个声音在问自己——

如若在一起，他们还会拥有幸福吗？

03

凌霜霜的婚宴在下午4点举行。

黎羽沫和曾之翊到的时候，婚礼快要开始了。

在热闹的婚宴现场，黎羽沫还看到了好几个熟人，都是高中时期和凌霜霜关系好的几个女生，其中一个还曾和凌霜霜一起在学校后门的垃圾场里欺负过她，最后却和凌霜霜一起惨兮兮地被她收拾了。

想到这里，黎羽沫的唇角不由得勾了起来，笑容十分耀眼，坐在她身边的曾之翊看得有些痴迷。

新人完成仪式之后，开始给每一桌客人敬酒，敬到黎羽沫这桌的时候，凌霜霜冲她挑了挑眉，高傲得就像女王一般：“黎羽沫，我敬你酒，这一杯，你一定要一口喝完。”

黎羽沫失声一笑，将杯中的红酒一口饮尽。

黎羽沫的豪气让这桌的宾客十分赞赏，几位单身男士看着她的目光都变了。注意到这些的曾之翊皱起了眉头，心里不大爽快。

“凌霜霜，祝你幸福。”黎羽沫望着她，笑容灿烂地说道。

凌霜霜也笑了，随后俯身凑到黎羽沫的耳边，小声说道：“黎羽沫，我结婚了，我已经不要曾之翊了，你就不要再矫情了，应该好好在一起了，我等你们的喜酒！”

话音一落，不等黎羽沫反应过来，她便转身去敬下一桌酒了。

黎羽沫坐回座位，想着凌霜霜刚才说的话，心里有些闷，不由得给自己倒了满满一杯红酒，兀自喝了下去。

矫情？

她哪里矫情了？

楚桥说让他们好好的，凌霜霜也说让他们好好在一起，等他们的喜酒，人人都这么说，可是他们根本没有在一起啊。就算还互相喜欢着对方，又能怎么样？他们之间隔着那么大的沟，她跨不过去啊……

想着想着，黎羽沫越喝越多，整个人也越来越不清醒了，丝毫不听曾之翊的劝阻。曾之翊没有办法，只好提前带她离开了。

可是喝醉了酒的黎羽沫安静不下来，在曾之翊开车送她回去的时候，嘴里喃喃地说着这样的话：“曾之翊，你为什么还要回来？为什么还要出现？你怎么不干脆待在国外，然后结婚生子呢？你为什么还要回来找我？”

她说得含糊不清，可曾之翊听得十分清楚。

“羽沫……”

黎羽沫根本没有听到曾之翊在叫她，她怔怔地望着车窗外飞驰而过的建筑，记忆好像也回到了7年前的那个雨夜。

那个雨夜是他们关系的一个转折，当他向她下跪道歉的时候，她突然就心软

了。而从那一天开始，他们见面的时候不再针锋相对，曾之翊的内敛和温柔让黎羽沫所有的张扬都收了起来。那段时间是他们两个人最开心的时候，而为了曾之翊，黎羽沫也下定了决心要努力学习，和他报考同一所大学。

虽然他们的爱情很隐秘，黎羽沫也担心如果被妈妈发现，会遭到反对，一直都很小心翼翼，可他们两个人恋爱的事情最终还是让曾之翊的爸爸发现了。

那时高考刚结束不久，天气也逐渐炎热起来。黎羽沫和曾之翊约在外面见面，完全没有料到曾博源已经知道了，并跑到了黎羽沫的家里，吵着让黎羽沫出来。而知道了黎羽沫和曾之翊之间的事情后，范玲美完全不相信，直到看到曾之翊和黎羽沫一起回来……

曾博源和范玲美看到他们两个人一同出现，仿佛失去了所有的理智。他指着黎羽沫大骂，指责她和范玲美一样勾上了他的儿子，言辞十分不堪，最后还打了黎羽沫一耳光。看到这一幕后，范玲美也失去了理智，和曾博源在大街上厮打在一起。

范玲美打心底里恨极了曾博源，当她用尽全力将曾博源推向马路中央时，自己也没有逃过飞驰而来的汽车，最后和他一起被车撞了。范玲美当场就死了，而曾博源也因为失血过多在去医院的路上停止了呼吸。

记忆到这里暂时停止了，黎羽沫闭上眼睛，眼角溢出了泪，她终于将埋在心底的话说了出来："曾之翊，我的妈妈，你的爸爸，是因为我们而死的，我们背负着他们的生命，还有什么资格在一起，还有什么资格获得幸福？就算你能，我也不能了，不能……"

说到这里，她的眼泪无声地落了下来。

这句话，这滴眼泪，让一直看着她的曾之翊心痛到无法呼吸。他等了这么久，终于等到她说出了这句话。他猛地踩下了刹车，不顾黎羽沫昏昏沉沉的样子，将她一把拉入了怀中，声音沙哑地问她："所以，你不打算要我了吗？"

"从我被楚桥带到国外开始，我就已经打算不要你了。很长的一段时间，我都觉得这一切都是因为你。如果我没有喜欢上你，如果我没有和你在一起，那后来的事情就不会发生了。可是当我清醒过来的时候，却发现这一切的始作俑者不过是我自己。"黎羽沫软软地趴在曾之翊的怀里，一动不动，说出来的每一句话却清晰分明。

"如果我不那么任性逃课，就不会被你爸爸开除，我妈妈也不会去求你爸爸让我留下。我也不会因为你爸爸而处处为难你，如果不是我和你作对，那我们之间就没有任何的交集……"黎羽沫一边哭一边说着，"如果我们没有产生感情，如果我们没有在一起，也就不会有后来的事情了。我的妈妈不会死，你的爸爸不会死，我们也不会变成现在这副模样了……"

"你后悔了吗？"曾之翊觉得自己的心脏停止了跳动，他维持着抱着她的动作，声音低哑。

"后悔？"黎羽沫笑了起来，"我当然后悔，我的任性让我失去了那么多，而现在的我也根本不配拥有什么。"

"你后悔喜欢我吗？你后悔和我在一起吗？"曾之翊推开了她，紧紧地抓着她的肩膀，望着她满是泪水的眼眸，"你后悔吗？"

黎羽沫笑出了声，可眼泪越流越多了。她看着眼前这个英气的男人，缓缓地伸出了手，用手指轻轻地抚在他的额角，一点一点地向下滑，贪婪之中又充满了克制。

"那你呢？"她开口问他。

"当我没问！"曾之翊狠狠地说道，然后毫不留情地松开了她，重新启动了车

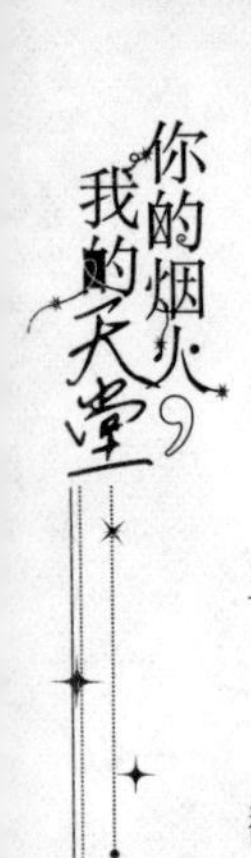

子。

车速比刚才更快了，喝了那么多酒，又说了这么多话，黎羽沫的头很痛，胃里翻涌着。她用尽全力压抑着，也不敢说话，只是眯着眼睛，迷迷糊糊地看着正在开车的曾之翊，痴痴地笑着。

曾之翊的心里不断翻涌着复杂的情绪。

后悔吗？

从来都没有后悔过。

哪怕心里很苦，那么努力想要恨你，却还是抑制不住对你的想念，不管不顾地想回来找你……

10分钟后，曾之翊将车停在了黎羽沫家的楼下。几乎是一秒钟都没有多待，黎羽沫推开车门下了车，踉踉跄跄地往楼上走去。

曾之翊坐在车里看着她的背影，毫不怀疑之前她说过的话。就因为已经死去了的两个人，她彻底抛弃了他，哪怕他现在这么卑微地出现在她的身边，求着她宠着她，她都不要他了。

可看到她此时这么脆弱无助的样子，他又忍不住心软了，一把扯掉了身上的安全带，飞快地下了车，三两步就追了上去。在她毫无准备的时候将她打横抱起，紧紧地搂在了怀中。

黎羽沫惊呼了一声，吓得呼吸顿了一下。她呆呆地看着曾之翊的侧脸，一时之间忘记了挣扎。

他抱着她一步一步上楼，到了她家门口时，还不忘吩咐她道：“羽沫，开门。”

黎羽沫胡乱地翻找着自己的手包，掏出钥匙开了门。

开了门，曾之翊走了进去。

“灯！”黎羽沫惊呼一声。

但曾之翊就像没有听到一般，大步朝她的卧室走去，借着外面微弱的灯光找准了床所在的位置，然后将黎羽沫扔了上去。

黎羽沫被摔得眉头皱起，正想坐起来，曾之翊高大的身躯已经压了过来。他压着她的双腿，双手将她圈住，确定她没有反抗的余地时，才低声说道：“黎羽沫，我等了这么久，忍了这么久，想要的不是你给的这个答案。世界上的事情不是你想怎么样就能怎么样的，有的人也不是你说不要就能不要的！”

“7年了，所有的恩怨早已被时间埋葬了，活着的人为死了的人惩罚自己，一点儿意义都没有！你说得没错，你是始作俑者，可这并不代表这所有的一切应该由你以这样的方式终结。”

“你不是当初的黎羽沫，我也不是当初的曾之翊，我不会让那些过去的事情成为横在我们中间的阻碍。既然你止步不前，还步步退缩，我只好跨过去。只是我要让你知道，从此刻开始，你失去了拒绝我的权利。”

说完，曾之翊狠狠地吻住了黎羽沫的嘴唇，让她再也发不出一丝声音。

04

这一夜十分漫长。

黎羽沫觉得自己好像沉在了无边无际的大海里找不到方向，只有一束从水上照射进来的阳光在指引着她，她也只能朝着那束光芒所在的地方游去。慢慢地，她接近了光芒，然后被光芒包围，她感觉很温暖，而她也在这样的温暖中缓缓地睁开了眼睛，映入眼帘的正是一道刺眼的阳光。

她闭了闭眼，直到眼睛能够适应这样的阳光，才重新睁开。而这一眼，也让她彻底看清了那个逆着阳光站在窗边的高大身影。

那身影无疑是曾之翊。

望着他，黎羽沫的心里咯噔一下，脑海中开始慢慢回放昨天晚上发生的事情，而身体的异样也清晰地告诉她并不是做梦。

她忍不住缩进了被子里，在心里骂着自己。

这下她要怎么面对他？

当成什么也没有发生？

以曾之翊的脾气，一定不会让她这样的。

黎羽沫只恨自己昨天没有挣扎，曾之翊从来都不会强迫她的。

她越想越气愤不甘，最后将被子滚成了一团，也让自己变成了一个蚕蛹。

曾之翊听到了身后传来的动静，猛地回头，看到床上的那一团被子，突然无奈地勾起了唇角，他就知道会这样。

“黎羽沫。”他走到床边，伸出手去拉被子，“别这样。”

黎羽沫死死地拽着被子，不让他有机会拉开，也不说一句话。

“你躲有什么用？事情已经发生了，你以为你这样就不用面对了吗？”曾之翊叹了一口气，他知道她醒来之后一定会逃避，可怎么也没有想到会是以这样的方式，“你放心，我会对你负责一辈子的。”

谁让他负责一辈子了？

黎羽沫一把掀开被子，将头探了出来，望着他，鼓起勇气说道：“曾之翊，我们都是成年人了，昨天晚上的事情只是因为我喝多了，你不用对我负责的。”

什么叫不用负责？

她到底知不知道自己在说些什么？

曾之翊怒了，突然凑到她的面前，一只手扯着被子的一角，咬着牙狠狠地说道："黎羽沫，你再说一遍试试，我不介意让你重温一下昨晚的事情。"

黎羽沫瞬间愣住了，毫不怀疑他话里的真实性。她咬了咬唇，倔强地别过脸，不敢再看他。几秒钟之后，却感觉到身体被重重地压住，耳边也传来了一声叹息。

"对不起，羽沫。"

一句道歉让她心里高高筑起的城墙轰然倒塌，黎羽沫的眼眶湿了。

"我不是故意的，可我只能用这样的方式把你留住。我告诉你，你这辈子都只能是我的人，也只能待在我的身边，哪里也不许去。那些什么没有资格在一起，或者是后悔了的话，我不想再从你的嘴里听到了，听清楚了吗？"

明明他的话里透着不同平时的霸道与强势，可黎羽沫的心就像被什么东西狠狠地击中了一般，忍不住哭出了声。

曾之翊以为是自己把话说得太狠，让她难过了，手忙脚乱地柔声安慰她："别哭，别哭，是我不好……"

可是他不知道，他越是这样说，黎羽沫就哭得越厉害。曾之翊实在没有办法，最后只好吻住她，让她瞬间停止了哭泣。

他轻轻地吻着她，带着从未有过的小心翼翼，在他的眼中，此时的黎羽沫就像一个脆弱的瓷娃娃，轻轻一碰就会碎掉。他只能以这样的方式安抚她内心的不安，让她慢慢地安静下来，可没有想到的是，怀里的人却在不知不觉中睡着了。

曾之翊一时间哑然失笑，半晌后才伸出手慢慢地擦去她脸上的泪水，然后将她搂在怀里，安静地陪着她。

05

自这一天的事情后，曾之翊开始在黎羽沫的生活中无孔不入了，白天在查看装修进度的时候能看到他，晚上回来的时候还能看到他。更让她无法应对的是，他以负责任为由光明正大地搬进了她的家里，使得原本只有她一个人住的单人公寓突然变得有些拥挤起来。

“曾之翊，你是不是太自作主张了，我什么时候同意你搬进我家里来了？”黎羽沫有些气急败坏地指责他。

“不需要你同意，而且以我们现在的关系，住在一起也不为过。”曾之翊从容应对。

面对越来越厚脸皮的他，黎羽沫实在没有办法，最后只好任由他在家里肆意妄为。而在他这么近距离的照顾下，她也十分明显地改变着，以至于她的助理蒋小雨看到她的时候，都忍不住调侃她一句：“羽沫姐，你最近好像过得挺滋润的啊，脸色一天比一天好，这幕后是不是有什么人啊……”

回给她的却是黎羽沫凌厉的眼神。

蒋小雨立刻缩了回去。

但在公司里对黎羽沫关注的人不只蒋小雨，还有尹天。

尹天自从重新回公司上班后，就发现黎羽沫一天天都在改变，她比以前有精神了，眼睛也比以前亮了，工作的时候神采飞扬，美丽得让人移不开视线。他不是没有谈过恋爱的毛头小子，一眼就看得出来她的变化是因为有了恋人，可这样一想，他又觉得十分不甘心。

“羽沫姐，你是不是和那个曾之翊在一起？”犹豫了许久，他趁着黎羽沫休息的时候问了出来。

黎羽沫愣了一下，一时不知道要怎么回答他，可是她的反应已经给了尹天答案。

尹天苦笑了一声，说道："曾之翊是我们公司的客户，长得一表人才，十分优秀，我比不上他。羽沫姐，你能和他在一起，我也为你高兴。"

"尹天。"黎羽沫幽幽地叹了一口气，"你并不比任何人差，你对我的感情我虽然不能接受，但我相信你总会遇到属于自己的那个人。"

"谢谢你，羽沫姐。"尹天不好意思地低下了头，"我也希望你能幸福。"

黎羽沫知道尹天虽然说着祝福她的话，但心里还是没有完全放下。但她相信，只要她一直以对待同事的方式对待他，不再给他任何期望，他总会放弃对她的感情，去寻找那个对的人。

下午，例行公事，黎羽沫准时到了天翊广告公司。

到现在为止，装修工程已经完成了一大半，大概过一个星期就能彻底装修完毕了。黎羽沫到的时候，正好看到曾之翊站在属于他的那间总经理办公室，不知道在想些什么，有装修工人想要提醒他，却被黎羽沫一个眼神制止了。

她想要吓一吓曾之翊。

黎羽沫悄悄地向他走近，在他完全没有意识到的时候站到了他的身后。正当她想要伸手去拍他的肩膀时，曾之翊突然转过身望向她。

她顿时一愣，吓得脸都白了。

曾之翊大惊失色，连忙伸出手将她扶住："你怎么样？没事吧？"

黎羽沫立刻挣脱开来，瞪了他一眼，埋怨道："谁让你突然转身的？"

明明是黎羽沫想要吓他，被他发现而吓到了，现在反而怪到了他的头上。曾之

翊忍不住失笑，瞬间觉得当初那个以捉弄他为乐的黎羽沫又回来了，心里也涌出一股暖流。

他双手抱胸，好笑地望着她："黎羽沫，你多大了还玩这种把戏？明明是你先吓我的，现在反被我吓到了，却在这里责怪我。"

黎羽沫咬了咬牙，反驳道："你以前可不是这样的！"

曾之翊笑得更灿烂了，觉得这样的黎羽沫真是可爱，又倔强又窘迫，看得人心里痒痒的。

她说得没错，他以前的确不是这样的，黎羽沫当初可没少吓他。可吓的次数多了，曾之翊也慢慢地生出了一丝警惕，但为了不让她扫兴，他每次还是装作一副被吓到了的样子逗她开心，但今天真的只是一个意外。

他并不知道她来了，也不知道她想要吓他，也正是这一点点无知与意外，让他看到离去的东西重新回来，未尝不是一种幸福。

想了想，他笑道："大不了下次你再吓回来不就好了？"

下次？

哪里还有下次！

当她不知道从前他被她吓到的时候大多数都是装出来的吗？

也不知道刚刚她是哪里不对劲，才会想要吓一吓他，最后却反被他吓到。

黎羽沫愤愤地盯着他，正想说些什么，手机突然响了起来。她掏出来一看，见是尹天打来的，愣了半天才接起来。

06 

黎羽沫以为是公司里的事，没有多想，拒绝了曾之翊要送她的提议，独自打车离开，可到了后来，却发现事情并不是自己想的那样。

傍晚时分的KTV里并没有多少人，在服务员的带领下，黎羽沫到了尹天所说的那间包厢。里面并没有尹天在电话里所说的客户，她只看到了一边听着音乐，一边坐在沙发上喝酒的尹天。

她没有想到尹天居然会骗她，很想马上转身就走。可一看到尹天那失魂落魄的样子，又有些不忍心，只好走到他的身边，随手关掉了有些吵闹的音乐，低声说道："尹天，虽然不知道你为什么要骗我来这里，但我不会怪你，你……"

"羽沫姐，对不起，我不是故意要骗你的……"尹天仰着头，充满歉意地望着她，脸颊也因为喝了酒泛着红晕，"我只是觉得，如果我单独约你的话，你一定不会来的，所以用了这样的方法，真的很对不起。"

说完，他又自顾自地倒了一杯酒。

见他还要喝酒，黎羽沫忍不住伸手抢过了他手里的杯子，有些生气地说道："尹天，别再喝了。"

尹天微微一笑，伸手便来抢黎羽沫手里的杯子，说道："羽沫姐，你没资格管我，而且你根本不明白我心里的感觉。这种感觉，只有在喝酒的时候才能压制下去。"

听了这话，黎羽沫的心里有些不是滋味，而尹天也趁着她发愣的时候抢回了酒杯，一饮而尽："羽沫姐，你知道吗？我之前跟你说的那些话都是骗你的，只是想安抚你的心，不想让你有负担，可是这样并不代表我真的放下了。"

"尹天……"

黎羽沫的嘴唇动了动，想要说一些话来安慰他，可是不知道能说些什么。她不是不明白这种求而不得的感觉，只是她除了避开他，什么也做不了。

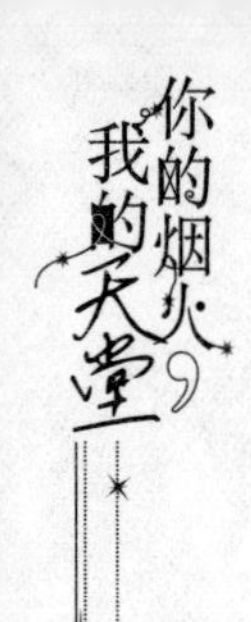

“羽沫姐，我不是没有谈过恋爱的毛头小子，我对你的感觉也不是突然而来的冲动。我倾慕你的美丽，欣赏你的才华，我觉得你是最美好的存在，我想一直留在你的身边。在此之前，我虽然知道曾之翊在追你，但也知道你对他并没有任何回应。我想我是有机会的，所以大着胆子向你表白，没想到却得到了你的回绝，这让我大受打击，甚至一蹶不振……”尹天一边喝酒一边说着，好像已经喝醉了，又好像清醒无比。

黎羽沫坐在他的身边，觉得自己这个时候最好只当一个安静的倾听者。她想，尹天的这些话应该已经憋了很久，他好不容易想要将话全部说出来，她不能再自私地去打断他。

“我哥骂我没用，说因为一个女人就自暴自弃，这是很不男人的表现。他说我想要找女朋友是一件很容易的事情，可是我为什么觉得这么难呢？”尹天侧过头，眼睛直勾勾地望着黎羽沫，“虽然我现在还只是公司的实习生，但我哥是总经理啊，我也是名副其实的富家子弟，我一点儿也不比别人差。别人都说我斯文有礼，家境优渥，以我这样的条件，多少女孩子都会喜欢，可是为什么你不喜欢呢？我不就是比你小两三岁吗？年纪小就活该不被你接受吗？”

说到这里，尹天的心里满是不甘心与苦涩，这种难以言喻的情绪让他有些压制不住。

黎羽沫叹了一口气，轻声说道：“尹天，你的确很优秀，放眼望去，整个公司也有好几个女孩在暗恋你。你的目光不应该只放在我一个人身上，我不优秀，只有这么一张漂亮到让我自己都有些讨厌的脸。你如果对我一见钟情，我相信你更喜欢我这张脸。”

“不是！”尹天想也没想就否定了，“羽沫姐，我承认我喜欢你有一部分原因是你很漂亮，在我所见过的女人里很少有比你还要漂亮的。其次，你很有才华，我在大学时期就看过你的作品，后来知道你来了我哥的公司，你不知道我有多高兴。我本来可以马上进公司找你的，可是我没有，因为我担心自己能力不够，不能被你喜欢。所以我一直都在努力，我努力让自己离你近一点儿，终于，我成为了学校最出色的学生，还拿了奖。我想凭着这些应该可以光明正大地进公司实习，可以毫无阻碍地跟在你的身边，可是事与愿违……”他苦笑一声，又问道，“羽沫姐，你为什么不喜欢我？为什么要和那个曾之翊在一起？难道就因为他是你的初恋情人吗？你们不是已经分开7年了吗？既然已经分开了，为什么还要在一起？”尹天突然一下子变了语气，字字都直接逼向黎羽沫。

黎羽沫瞬间愣住了，她难以置信地看着尹天，不明白他为什么会知道这么多。难道是用了什么见不得光的手段吗？私家侦探？可下一刻，尹天的回答印证了她的猜想。

“羽沫姐，你一定在想我是怎么知道这些的，对不对？”尹天低声笑了起来，“我前一段时间不是一直没来公司吗，那是因为我去找人调查你和曾之翊了。你和他以前发生过什么事情，我都知道得清清楚楚，你妈妈和他爸爸是因为你们在一起才会死的。羽沫姐，就凭这一点，你也不能和他在一起。”

“你闭嘴，尹天。”黎羽沫忍不住打断他的话，她突然觉得尹天有些可怕，他到底是怀着什么样的心思在背地里调查她，又是抱着什么样的想法在此时对她说出这样的话？

“你生气了？”尹天放柔了声音，“我戳到你的痛处了，是吗？我看得出来，你根本无法从过去走出来，你忘不了过去发生的事情。既然这样，你离开他吧，你和我在一起……”

“啪”的一声，黎羽沫毫不犹豫地给了尹天一个耳光。因为生气，她全身都在颤抖，她怎么都没想到尹天会对她说出这样的话来，他似乎已经不是她所认识的那个尹天了。

尹天被这一耳光打得愣了一下。他没有再说话，而是又给自己倒了满满一杯酒，仰头一口饮尽，然后飞快地侧过身，双手紧紧地捧住了黎羽沫的脸颊，毫不犹豫地吻了下去，并十分霸道地挤开了她的唇，将自己嘴里的酒喂给她。

黎羽沫被这突如其来的状况吓到了，她用力去推尹天，却怎么也推不开。那涩涩的酒也正从尹天的嘴里一点点地流入她的喉咙里，这种屈辱感让她难受得无法呼吸。与此同时，她感觉身体里的力气好像正在一点点地散去，意识也开始有些不清楚了，她唯一记得的是尹天那张狰狞的脸。

第九话
09
CHAPTER
轮回
YOUR
FIREWORKS,
MY HEAVEN

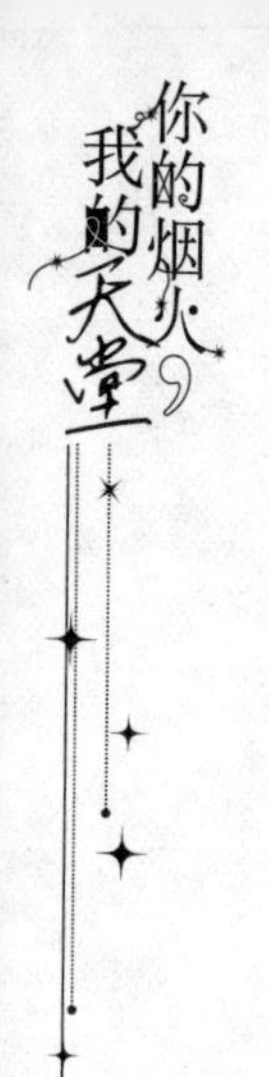

所有的苦痛都会过去，所有失去的都会以另一种方式重新拥有。

01

黎羽沫已经失去联系将近4个小时了。

曾之翊去过所有她可能去的地方，都没有找到她，而她的号码打过去也都是关机状态。他唯一知道的是，黎羽沫是在接到尹天的电话之后匆匆离开的，可是打电话到她公司去问，所有人都说尹天请假了，根本没有什么客户要见黎羽沫。那个尹天一直都对她怀有心思，他想她一定是出事了。

如果当时他坚持送她去，那现在就不会找不到她了。一想到这里，曾之翊对自己的恨意就无以复加，也从来没有像此刻这么无助过。

市中心医院。

楚桥是被曾之翊的电话吵醒的，一听到他说黎羽沫不见了，立刻从病床上坐起来，想也没想就去拔手上的针头，一张脸也瞬间苍白失色。

“楚桥，你干什么？”景悠惊叫了一声，扑过来要阻止他。

“羽沫不见了，一定是出了什么事。”楚桥的声音有些颤抖，“景悠，我要去找她。”

“你疯了吗？你现在这个样子怎么去找她？”景悠气得脸色都变了，“你不要你的身体了吗？”

"景悠！"楚桥怒道，"你不是不知道羽沫对我的重要性。"

"可我也不会放任你离开这里！"景悠毫不退让，"黎羽沫有曾之翊陪在她的身边，她不见了，曾之翊会找她，不需要你来操心！有曾之翊在，她不会有什么事的。我求求你，照顾一下你自己的身体好吗？"

"曾之翊如果找得到，就不会在这个时候打电话给我了！"楚桥的语速太快了，忍不住咳嗽起来，这一咳嗽，他整张脸都涨得通红，"景悠，你别拉着我，否则我不知道自己会做出什么事情来。"

景悠愣了一下，抓着楚桥的手松开了，眼泪也疯狂地涌了出来："我就知道，你的心里只有她……好，好，你要去是不是？那我陪你一起去。"

说完，她转过身帮楚桥拿衣服，然后带着楚桥离开了医院。

楚桥坐在出租车上给很多人打了电话，这几年来，他继承了爸爸的公司，做生意认识了很多人，有很多人脉关系，想要找一个人并不是很难。黎羽沫的人脉关系太窄，他便直接从尹天下手，打了十几通电话，等了半个多小时，才终于确定了尹天的行踪。

尹天带走了黎羽沫，而黎羽沫被带走的时候是昏迷的。

这是KTV的经理告诉楚桥的。

尹天带着黎羽沫离开了KTV之后，直接去了附近的阳光酒店，他想要做什么，结果不言而喻。

楚桥通知了曾之翊，直接去了他们所在的酒店，并报了警。

曾之翊一接到楚桥的电话，便往阳光酒店赶，车速快到无法控制，一路上连连闯了好几次红灯都丝毫不顾。他现在根本没有时间迟疑，他无法想象被尹天带走的黎羽沫会发生什么样的事情。

阳光酒店豪华套房里。

黎羽沫安静地睡在柔软的大床上，只是她的双手被反绑了，因为难受，她的脸色也十分难看。

迷迷糊糊中，黎羽沫感觉到有什么人正在自己的眼前晃来晃去，又仿佛有一只陌生的手在轻抚着她的脸，然后一直往下，从她的下巴再到她的肩膀……

她猛地睁开了眼睛，映入眼帘的是尹天的脸，再一低头，胸前的扣子也已经被解开了，露出一片雪白的肌肤。

她毫不迟疑地坐起来，脸色也更加难看了。她扭动一下被绑住的双手，瞪着尹天，怒道："尹天，你想做什么？"

"你觉得呢？"

尹天勾唇一笑，十分好看。

"尹天，你知道你这么做会有什么后果吗？"

黎羽沫冷冷地看着他。

"知道。"尹天继续笑道，"可是我觉得，只要得到了自己想要的，不管付出什么样的代价都是值得的。"

面对这样的尹天，黎羽沫的心猛地一缩，顿时不知道要说些什么。可就在这一瞬间，尹天已经伸出手抓住了她，将她死死地按在了床上。

"羽沫姐，你别再矫情了。"

说完，尹天俯下身，一只手搂着她的腰。

"尹天，你别太过分了！"黎羽沫别过脸躲开他，咬着牙狠狠地说道，脚一抬，十分不客气地向他踢去，"如果你再敢继续，我保证你会后悔的。"

说这话时，她有些心慌，她不知道曾之翊知不知道她失踪了，是不是正在找她，也不确定他能不能找到这个地方来。只是不管怎么样，她不能任由尹天欺负。

尹天侧身躲过了，双手将她整个人紧紧地按住，让她无法再动弹：“如果不是因为怕你不记得和我发生过什么，早在你昏迷不醒的时候我就做了。”

说完，他的吻也更加用力了。

不管黎羽沫怎么反抗、怎么踢他，尹天就是丝毫不停止。

黎羽沫有些绝望地闭上了眼睛。

就在这个时候，“砰”的一声巨响，房间的门被人重重地踹开了。

02 

曾之翊三两步冲了进来，看到尹天正压在黎羽沫的身上，理智也在这一瞬间轰然瓦解。他毫不客气地上前拉开他，想也没想一拳头挥了过去，直接将尹天打得摔在了地上。可是这样，曾之翊也不解气，又一脚踢了过去，下手又快又狠，直到后面跟来的警察上前来才让他住手。

黎羽沫看着眼前的状况，还没有回过神来，只感觉肩膀上一暖，已经被人用被子包裹起来，死死地按在了他的胸膛上。而她也清楚地感觉到了曾之翊的惊慌与害怕。

“对不起，是我不好，都是我的错……”

曾之翊的声音沙哑而颤抖，可就是这样的他让黎羽沫瞬间安静下来，一直没有落下来的眼泪也忍不住夺眶而出。

楚桥是被景悠扶着进来的，看到黎羽沫并没有受伤，默默地松了一口气。正打算趁着黎羽沫还没有发现他的时候悄然离去，可是一转身，却被人叫住了：“楚桥。”

是黎羽沫的声音。

楚桥脚步一顿，没有回头，握紧了景悠的手。他不敢出声，只要一出声，黎羽沫一定会看出他的异样，那他之前所隐瞒的一切也都会变得没有意义了。他侧过头对景悠使了一个眼色。

景悠立刻会意了，回过头望着黎羽沫，笑道：“羽沫，为了找你，楚桥费了太多的精力，现在有点儿累了，我先送他回去，后面的事情就让曾之翊陪你一起处理吧。”

“可……”黎羽沫的话还没说完，楚桥已经和景悠转身往外面走去了。

这时，抓住了尹天的警察说要回警局备案，需要黎羽沫的配合。黎羽沫只好眼睁睁地看着楚桥离开，可即使这样，也无法抹去她心里泛起来的那丝担忧，她觉得楚桥太奇怪了，好像变得有些不像他了。

一行人很快来到了警局。

作为当事人的尹天被拘留起来，而这件事也惊动了尹天的哥哥，不过半个小时，尹经理就出现了。

尹经理在来的路上已经在警察的通知下了解了基本情况，他怎么也想不到自己的弟弟竟然会对自己一直欣赏的员工做出这样的事情来。看到受了惊吓面色不佳的黎羽沫时，他更加愧疚了，连连向她道歉，可是曾之翊怎么也不肯接受。

尹经理被曾之翊吓住了，当着黎羽沫的面哀求道：“羽沫，我知道我弟弟的行为伤害了你，不管你想要什么样的赔偿，我都可以满足你，但请你千万不要告他。他会这么做，都是我这个做哥哥的没有照顾好他。尹天刚上大学的时候喜欢过一个女孩子，并且和那个女孩子很相爱，但是后来，那个女孩子和尹天最好的朋友在一起了。尹天也因此受到了伤害，后来精神一直都有些不正常，我……”

听到这里，黎羽沫也有些明白了。她看了曾之翊一眼，说道：“我不打算把这件事情闹大，也不要告尹天，他不过是一个被感情伤害过的人。”

“可是羽沫……”曾之翊不明白黎羽沫为什么做这样的决定，他不希望就这样放过伤害她的人。

“就这样决定了。”黎羽沫微微一笑，对尹经理说道，“赔偿的事宜我之后再和你谈，尹经理，你应该也不想让其他人知道这件事吧？”

“是，是这样。”尹经理连连点头。

“希望你以后管好尹天，别再因为他精神上的缺陷而让别人受到伤害。我可怜他，但并不代表别人也会可怜他。”

曾之翊看着这样的黎羽沫，心里突然有种很柔软的感觉。如果是以前的黎羽沫，一定不会就这样善罢甘休的，可是时光让她变了，她变得善良了。可不管怎么变，她依然是他心中的那个人。

离开警局的时候已经很晚了，大街上没有什么人，曾之翊生怕黎羽沫被凉风吹感冒，用力地将她搂在怀里。暗黄的路灯将他们两个人的影子拉得无比长，看到这一幕，黎羽沫觉得他们好像回到了记忆深处的那个晚上，她在警局诬陷曾之翊偷了别人的钱包，却被他的机智打败，那情形真是说不出的有趣。

“曾之翊，当年我诬陷你的时候，你有没有觉得我很蠢？”黎羽沫的声音在安静的夜里显得格外低柔。

“嗯？”曾之翊没想到她会突然问这个问题，一时间愣住了，沉吟了半天，他才轻笑着说道，“我可从来都没有这么想过，我只是不明白我究竟哪里得罪你了，才会让你做出那样的事情来。长得这么漂亮，心肠却很坏……”

他的气息拂到了黎羽沫的耳边，那酥酥麻麻的感觉让她忍不住打了个寒战，侧

身飞快地躲开。

曾之翊本想借着这个机会亲一亲她，可是没想到她躲得这么快，不由得苦笑了一下，又将她搂得更紧了。

就在这个时候，手机铃声突兀地响了起来。

黎羽沫将手机掏出来，一见上面显示的名字，便接了电话："景悠，这么晚打……"

她的话还没有说完，就听到电话那头的景悠泣不成声，她只从景悠那断断续续的哭声里听出来，楚桥患了重病，却为了不让黎羽沫知道一直隐瞒着，为了不让她担心，还做出与景悠在一起的假象。

曾之翊见黎羽沫的脸色越来越难看，他的眉头也微微皱起，担忧地问了一句："羽沫，你怎么了？"

黎羽沫愣愣地挂了电话，看了曾之翊一眼，声音里满是颤音："之翊，快送我去医院看楚桥。"

曾之翊的脸色一变，一秒钟就反应过来了——

她知道了。

深夜的马路无比安静，曾之翊将车子开得飞快，畅通无阻。黎羽沫从上车之后就没有再说一句话，平静得就好像是商店里摆放的木偶一般。然而车子一停，她就像活过来了一般，飞快地往医院跑去。

曾之翊连忙下车跟在她的身后，黎羽沫找到了急诊室外的景悠，想也没想就抓住了她的手，冷声问道："他怎么样了？"

景悠哭得满脸都是泪水，看到黎羽沫出现，突然愣住了。

"说话！"黎羽沫大声命令道。

“还不知道……”景悠一边哭一边摇头回答道。

“你为什么不早点儿告诉我？为什么要在他病危的时候才告诉我？”黎羽沫瞪着景悠，十分不客气地冲她吼道，“景悠，你为什么要这么做？”

“羽沫，你冷静一点儿，别这样。”曾之翊飞快地上前拉开了她，“是楚桥让我们不要告诉你的。”

“我们？”黎羽沫念着这两个字，看了看景悠，又看了看曾之翊，问道，“你也知道？”

曾之翊点了点头。

黎羽沫冷冷一笑：“楚桥让你们不要说，所以你们就一起瞒着我？你们到底安的什么心？你们到底知不知道楚桥对我来说意味着什么？”

“羽沫……”曾之翊想要拉住已经失控了的黎羽沫。

黎羽沫根本不看他，只是望着景悠，狠狠地说道：“还有你，景悠，你让我一直以为楚桥是和你在一起的，让我一直以为楚桥过得很好。到头来却让我发现，他得病了，还得了这么严重的脑癌，已经到了多活一天是一天的地步了，你让我情何以堪？”

在她失去一切的时候，在她绝望无助的时候，是楚桥陪在她的身边，是他把她从如地狱般的深渊里拉了出来。可是现在，她却不能像当初的他一样陪在他的身边，她成了最后知道一切的人，她真恨自己！

“黎羽沫，你有什么资格对我说这样的话？你难道不知道在楚桥的心里，你才是最重要的吗？要不是你出事，楚桥怎么会不顾自己的身体出去找你？你凭什么责怪我们没有告诉你？在楚桥痛不欲生的时候，你在哪里？你和曾之翊在一起，你过得很开心、很幸福，所以你忽略了楚桥。你没有管他是不是过得不好，你甚至不曾

记起过他，所以这样的你有什么资格在这里对我大吼大叫？”

面对景悠的指责，黎羽沫再也说不出一个字，她的脸瞬间失去了血色，苍白得就像医院那雪白的墙壁。她突然觉得所有的力气好像被抽空了一般，让她有些站不稳。

景悠说得没错，她有什么资格责怪他们隐瞒了她？

她是这世界上最没有资格的人。

曾之翊看着黎羽沫，十分心疼。他明白楚桥在黎羽沫心里的地位，也知道她此时此刻有多么难过，可是他不希望她因此而责怪自己。这样想着，他伸出手抓住了她的手，轻轻地说道：“羽沫……”

黎羽沫的身体颤抖了一下，然后毫不犹豫地甩开了他的手，对景悠说了一句：“楚桥没事了你再通知我，我去外面透透气。”

说完，她便飞快地跑开了。

03 

曾之翊找到黎羽沫的时候，她正站在空无一人的阳台上吹风。

夜色寂静，月光皎洁。

黎羽沫的身影在月光下显得格外孤单纤瘦，曾之翊的心又痛了。他深吸了一口气，缓步走到她的身边，也不开口说话，他想，就这样陪着她也好。

“曾之翊，楚桥是我的亲人。”黎羽沫没有看曾之翊，只是呆呆地望着远方的天空，也透过天空看到了远去的自己和楚桥，“如果没有他，也就没有现在的黎羽沫，你不是一直觉得我变了吗？那是因为当初的黎羽沫已经死在了7年前的美国。”

曾之翊的心缩了缩，他突然有一种预感，他将会听到此生一回想起来便会连呼吸都很困难的事。

“当年我妈妈去世之后，是楚桥一直陪在我身边帮我处理各种事，是他给我妈妈找到墓地和我爸爸合葬在一起，也是他在所有事情都结束之后，带我去了美国，远离了这里的一切。可是到了美国之后，我发现我根本没有办法忘记所有的事情，整天都沉浸在悲伤之中无法自拔。而与此同时，我止不住地想念你，想知道你的情况，所以我趁楚桥不注意的时候偷偷跑了出去，想去机场买票回国。可是当时我不认识路，只能慢慢地找，就因为这样，我被一个醉酒的外国男人拖进了小巷子里。如果不是被巡逻的警察发现，我想后果一定难以想象。”

听到这里，曾之翊的心猛地痛了一下，虽然这些事情他上次已经从楚桥那里听过了，可是现在听她亲口说出来，还是让他心疼得无以复加。

他默默地吸了一口气，就算是这样，也没办法抑制住从心里散发出来的寒意。他望着黎羽沫精致的侧脸，嘴唇微颤，却说不出一句话来，因为没有任何一句话可以形容他此刻的心情。

“楚桥担心我受到伤害，带我去医院做了全面的检查，才查出我得了抑郁症，整个人已经有些精神失常了。”说着，黎羽沫轻轻地笑了起来，她忽然觉得自己就像在说别人的故事，不然为什么可以说得这么轻松自然？

“可是我自己没有半分感觉，我觉得自己很正常。我开始觉得生活在这个世界上再也没有任何意义了，我的爸爸离开了我，我的妈妈也因我而死，而我喜欢的少年也不能和我在一起了，这样的我，还活在这个世界上做什么呢？”

“羽沫……”曾之翊的声音细不可闻，他不敢再听下去了。

“楚桥怕我想不开，一直都在我的身边陪着我、开导我，可是那时的我根本听

不进任何劝慰。我想尽了一切办法把楚桥支开，自己躲在一个别人找不到的地方，只想着一个人默默地离开这个世界……”

“后来，楚桥发现了，从那之后他开始寸步不离地跟着我，不让我离开他的视线一步，可这样让我的抑郁症加重了。我现在想想那时的自己，整个人活得不像一个人，没有灵魂，只觉得自己是最不应该活在这个世界上的人。我骂过楚桥，打过楚桥，我恨他为什么要看着我，为什么不能让我安安静静地一个人去死。可楚桥说，人活在这个世界上，并不是为自己而活。过去发生的事情已然不能改变，我们更幸福、更快乐地活在这个世界上，是已经离开了的人最希望看到的事情。”说到这里，黎羽沫长长地叹了一口气，“是楚桥陪着我走过了那一段最难熬的时光，对于我来说，楚桥是我最重要的人，是我在这个世界上唯一的亲人。是他拉回了我，让我重新活了过来，也让我能这样平静地站在你的面前，诉说着这段过往。可是现在，你回来了，他却有可能要离开我了。”

看着这样的黎羽沫，曾之翊突然有了一种惊慌的感觉，他觉得如果能让楚桥马上好起来的方式是要黎羽沫离开自己，她一定二话不说马上离开他。

这世界上最没有资格拥有她的人已经变成了他，若是可以，他希望她身上所有的苦痛都能转移到他的身上来，让他来代替她承受。

“羽沫，你在想什么？”他开口问道。

“你别慌……”黎羽沫侧过头，眼神清亮地望着曾之翊，“曾之翊，我告诉你这些，只是不想你误会我和楚桥，而我也要你站在我的身边，和我一起留住他。”

听到这里，曾之翊悬起来的心轻轻地放下了，他粲然一笑，伸手将她揽进了自己的怀里。

就在这一刻，景悠给黎羽沫打来了电话。

“羽沫，他没事了。”

早晨的第一抹阳光也随着这句话照亮了黎羽沫和曾之翊相拥在一起的身影，看着远方的光亮，一直忍着的眼泪也终于落了下来。

04

可惜楚桥只是一时好转，黎羽沫和曾之翊的努力最终还是没能将楚桥留住。

发现病情的时候便已经是晚期了，楚桥错过了治疗的最佳时机，之后还能撑这么久，全靠着想要亲眼看到黎羽沫幸福的意念。

楚桥走的那天是黎羽沫的生日。

为了给黎羽沫庆祝生日，楚桥费尽千辛万苦才说服他的特约护士景悠，到医院附近的一家西餐厅给黎羽沫包场庆祝。

黎羽沫事先并不知情，被曾之翊带到餐厅之后才明白过来。她顾不得什么，对坐着轮椅出来的楚桥就是一顿臭骂，丝毫不给他面子：“楚桥，你是哪里有问题？现在都什么时候了，你还有心情弄这些。谁说要过这个生日了？前面7年哪一年的生日不是你给我过的？也不缺这一年，你以为现在身体是你一个人的吗？你有没有把我们这些关心你、在意你的人放在眼中？”黎羽沫瞪着一直在笑的楚桥，气不打一处来。

“好了，别这样，楚桥只是想让你开心。”曾之翊拉过黎羽沫给她顺顺气，“你这样不管不顾地冲着他大吼大叫，就在乎他的身体了？医生不是说过病人需要绝对清静吗？”

黎羽沫被曾之翊训得语塞，看着楚桥脸色苍白却依然带笑的俊脸，心里有些酸，几乎要落下泪来。

她知道楚桥的身体越来越差了，她常常看到景悠偷偷地哭，也曾看到过楚桥因为头痛整个人蜷缩成一团。他原本高大的身体也瘦得极快，若不是天天都这样看着他，黎羽沫都快认不出他就是楚桥了。

不过现在并不是哭的时候，她要笑，不能再让楚桥担心她。

“羽沫，你以为我不知道你在想什么吗？以前的生日是我陪你过的，可是以后的生日只能是曾之翊陪你过了，所以这‘最后’一个生日，也不肯让我来给你办吗？”楚桥望着黎羽沫，埋怨道。

最后一个？

黎羽沫愣了一下，她当然知道他话里的意思，可是这句话也可以理解成另外一层意思，那就是他没有机会再给她过生日了。

为什么？

他还这么年轻，还没有结婚呢，也没有生小孩，他的人生才走了一小步而已，老天爷怎么这么不公平呢？

气氛因为这句话一时僵住了，好在景悠提醒黎羽沫要开始许愿切蛋糕了，她才回过神来，当着楚桥的面许了愿。她现在只希望楚桥快一点儿好起来，快点儿回到以前的健康状态。

刚睁开眼睛，黎羽沫的眼前便出现了一个文件袋，她呆呆地看着楚桥，问道：“这是什么？”

“生日礼物。”楚桥示意她打开。

黎羽沫带着满心的疑惑抽出了文件袋里的文件，看清了上面的文字和最后的签名时，忍不住吸了一口气，瞪着楚桥问道：“楚桥，你是什么意思？”

说完，她将文件摔在了餐桌上。

曾之翊低下头望去，只见上面清晰地写着“楚一集团股份转让书”几个字，呼吸也瞬间顿了一下，问道：“楚桥，你……”

“羽沫，我死了以后，我的公司就交给你了。我的父亲已经不在了，而我也没有别的兄弟姐妹，我不可能让我精心经营的公司落到外人手上，我想来想去也只能交给你了。不过我把房子留给了景悠，希望你不要介意。”楚桥笑了笑，“有了这个东西，就算以后曾之翊不要你了，你也不用害怕，全城的富家子弟都会围在你的身边的。”

曾之翊的脸色一沉，轻哼了一声，说道：“楚桥，我可以告诉你，不可能有那么一天的。”说完，他又瞪着黎羽沫，有些恶狠狠地说道，“别想去找别人。”

黎羽沫勾唇一笑，眼泪都快流出来了，倔强地说道：“我不要，你自己的公司自己看，我有工作。”

“别以为我不知道你已经辞职了，你现在可是无业游民。”楚桥轻哼了一声，歪着头看着黎羽沫。

“我这样的人才，放到哪家公司都有人要。”

“我知道你有才华，而且在业界小有名气。”楚桥附和道，“你可以当暂时给我看着公司，我已经很长时间没有去公司了，都是交给副总在管理，也不知道他管得好不好。我也不放心外人，等我好了，你再还给我也一样。”

“是啊，羽沫，你就帮帮楚桥吧。”景悠也帮楚桥劝着黎羽沫。

“难道你担心自己没能力帮楚桥这个忙？”曾之翊已经明白了楚桥的意思，也附和起来。

黎羽沫看了看曾之翊，又看了看景悠，目光最后落在了楚桥的脸上。她不是不知道他的意思，只是这样是不是代表他真的不会再好起来了？

她心里很难过，又不能表现出来，愣了半晌之后，才点了点头，半开玩笑半认真地说道："楚桥，如果你不早点儿拿走，你的公司以后就要跟我姓黎了。"

见她终于答应了，楚桥也笑了笑，高高悬着的心也放了下来。可是一放下心，他就觉得整个人无比累，也没有通知任何人，就躺在轮椅上睡着了。

就是这么一睡，楚桥便再也没有醒过来。

05

3个月后。

天气渐渐转冷了，整座城市也被白雪覆盖。

曾之翊带着黎羽沫在已经和父亲离异的母亲家吃过了晚饭，见时间不早了，两人也打算离开。

"之翊，你注意一些，雪天路滑，别让羽沫摔倒了，她现在可是我们家最重要的人。"曾妈妈站在家门口，认真地叮嘱着曾之翊，看那样子好像黎羽沫有什么闪失就是曾之翊的责任一样。

黎羽沫挑了挑眉，狡黠地看着曾之翊，好像在说"看吧，现在有人给我撑腰了"。

曾之翊无奈地笑了笑，小心翼翼地扶着黎羽沫，说道："我知道了，妈，您回去吧，我会小心的。"

告别了曾妈妈，两人慢慢地走在雪地里，曾之翊瞥见黎羽沫的帽子没有戴好，便停下脚步给她戴好。可帽子刚戴好，又看到她的手裸露在外面，都冻红了，不由得有些恼怒，狠狠地瞪着她："你的手套呢？"

黎羽沫无辜地摇了摇头："不知道，可能掉在什么地方了吧。"

“你……”曾之翊又想骂她了，可是想到她现在的情况，只好幽幽地叹了口气，抓过她的手包裹在自己的掌心里，再塞进自己的口袋里。

黎羽沫笑了。

她现在是怀孕3个月的孕妇。

那天发现楚桥已经断了呼吸之后，一时情绪失控的黎羽沫昏了过去，再醒来的时候就被医生告知已经怀孕了。那一刻的感觉真的无法形容，就好像失去了的东西又重新回到了她的身边。她觉得这是上天给她最好的生日礼物，她更觉得，这个突如其来的孩子也许就是楚桥的重生。

他走了，却又回来了。

楚桥的葬礼办得并不隆重，葬礼结束后不久，景悠便出国了。虽然她说是去国外进修，但黎羽沫知道她是想去散散心。面对楚桥的离开，只怕景悠比黎羽沫更伤心。

但好在时间能够缓冲一切。

走着走着，黎羽沫发现曾之翊带着她来到了以前学校的大门口，这个时候似乎是晚自习课间休息的时间，零零散散的学生在校园里走着。

她愣了一下，问道：“曾之翊，你带我来这里做什么？”

曾之翊微微一笑，没有回答她，而是扶着她继续往里面走。他没有去别的地方，而是带着她来到了学校的水池边。

“还记不记得在这里发生过什么？”

黎羽沫看着已经结了冰的水池，勾唇一笑，答道：“发生过什么？我早就不记得了。”

曾之翊也不生气，他知道她是故意的。

“这里是我第一次认真注视你的地方，当时你抢走了我的笔记本，还恶狠狠地撕碎了扔进去。那可是我很重要的复习笔记，为此我还跳进去一张一张地捞起来。还有一次，你对我说只要我跳进水池里，就会原谅我，当时我也不知道自己是怎么了，竟然听了你的话跳下去。三四月天的水还有些凉，我还记得那种冰凉刺骨的感觉，真是难以形容。”曾之翊笑着说道，语气格外温柔。

“我想，从那时开始，就已经注定你是我此生的劫数，哪怕分开过，命运也安排我们重新在一起。”曾之翊紧紧地握着她的手，用他掌心的温度暖着她，“也许你还没有完全从过去的阴影里走出来，但是我会陪着你，还有我们的孩子，甚至是楚桥，他也会在遥远的天上看着你，看着你一步一步走向幸福。”

说完，曾之翊松开了她，从另外一个口袋里掏出了一个精致的小盒子。他将它打开，轻托着，然后在黎羽沫的面前缓缓地半跪下去。

看到闪闪发光的钻戒，黎羽沫愣住了。

“羽沫，嫁给我。”

他的声音并不大，却好像带着回音一般在黎羽沫的耳边回响。恍惚间，她好像看到了那个青涩的少年不顾一切地冲到她的面前，激动地对她说：“黎羽沫，我喜欢你，请和我在一起。”

渐渐地，她的眼眶湿润了。

正当她准备回答的时候，一个响亮的声音打破了此时的宁静。

“江鸢，我喜欢你，做我的女朋友吧！”

是个男生的声音，十分清朗又充满了青春的力量。

随之响起的是几个男生女生起哄的声音，只嚷着让那个女生答应他。

黎羽沫收回目光，看着依旧半跪在她面前、举着戒指等她回答的曾之翊，突然笑了起来。

时间具有神奇的力量，它能将所有的伤害与痛苦隐藏起来。在它无可比拟的治愈能力下，所有让你哭泣过的事情，都能让你笑着面对；所有失去的东西，也都会重新回到你身边，而你爱的和爱你的人，也会与你时刻相守、共拥幸福。

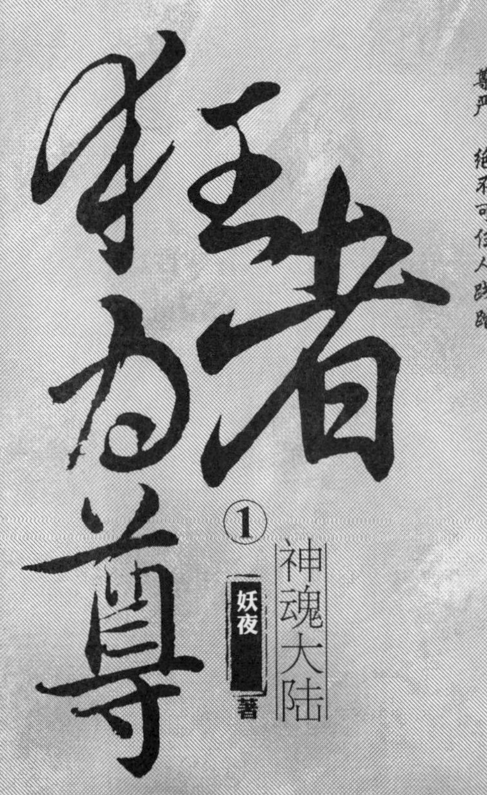

谁的温柔缱绻于药王城河畔？

谁的鲜血染红了断头岭的枯叶？

谁的英姿闪耀在死亡山脉？

又是谁的憨笑惹人垂怜？

无尽的怨意只因他人笑我、轻我、辱我、骂我、欺我。

如此，即便穷尽一生，

也要成为天下之大强者！

尊严，绝不可任人践踏！

封面以实书为准

不平凡的人生给予了他无人能企及的灵感！

超人气大神妖夜携王者之作

《狂者为尊》，狂暴而来！

在过去的两年里，已有5000000人读过此书，300000人写下了精彩评语，100000人成为了妖夜的铁杆粉丝——妖神卫！

妖夜归来，妖神卫何在！

《狂者为尊①神魂大陆》简介

萧浪从小跟着姑姑亡命天涯，死亡山脉、魔鬼山这样人人闻风丧胆的绝地，他却习以为常。然而，他究竟是何身份，为何要亡命天涯？为了治好姑姑的双腿，他毅然带着姑姑来到了药王城。他本想老老实实地修炼，期望能早日夺得凤翎丹，可惜有人不遂他的愿。为了一个女人，飞雪武院里狂妄的司徒战野欺他、辱他，药王城里，司徒家更是要将他斩草除根。谁说寒门武者不可违天命？谁又断言萧浪注定是他人的垫脚石？只靠一双手、一张妖气凛然的脸，他便叫世人俯首称臣！药王城的天，终于变了……

（原名：《网游之天下第一》）
天下主宰
云人玄界
①
十万忠实粉丝，百万网络读者，千万线上点击！
无数好评赞誉，品质见证！
神秘网游席卷全球，虚实之间，开辟第二世界！
极品纨绔惊人崛起，重入玄界，步步料敌先机！
纵横中文网超一线作者，《仙魔变》网游代言人——火神，
携最新力作，震撼登场！
内容简介
与仇人同归于尽的柳云重生了，带着顶尖“乾坤者”记忆的他回到了十年前，回到了被人退婚，然后又被妹妹赶出家门的那一天。同时，风靡了整个世界，甚至改变了人类历史进程的游戏《玄界》也正式开启。
重生十年，柳云发誓要改变自己和家族的命运，摧毁一切仇敌，不让悲剧重现。所以，他开始利用超出当今十年的游戏经验，以及日后得知的一个惊天
逐步在《玄界》世界中登顶巅峰，手掌乾坤。
从此，历史的车轮被改变了方向，世界的格局也因此改变。

《吞天决Ⅲ诸神荣耀》简介

玄黄塔内的修炼房间不足，嚣张的残月不仅常年霸占五十号房间，还羞辱了陈轩的三位结拜兄弟。为了替兄弟出气，又为了夺得修炼房间，暴怒的陈轩出手了。他能否打败核心弟子中排名第九的残月？

归家途中，陈轩并不知道家族此时正遭逢大难，更不知道这大难竟是地灵境强者的格杀令！面对前所未有的危机，陈轩能化险为夷吗？

手机阅读点击量破亿！

千万读者共同见证，一个奇迹的诞生！

一座熔炉闯天下，一把异刀震世人！

作者：铁马飞桥，纵横中文网VIP作者，2014年最传奇的玄幻大神，以零宣传作品突破一亿点击量，轰动作者圈！

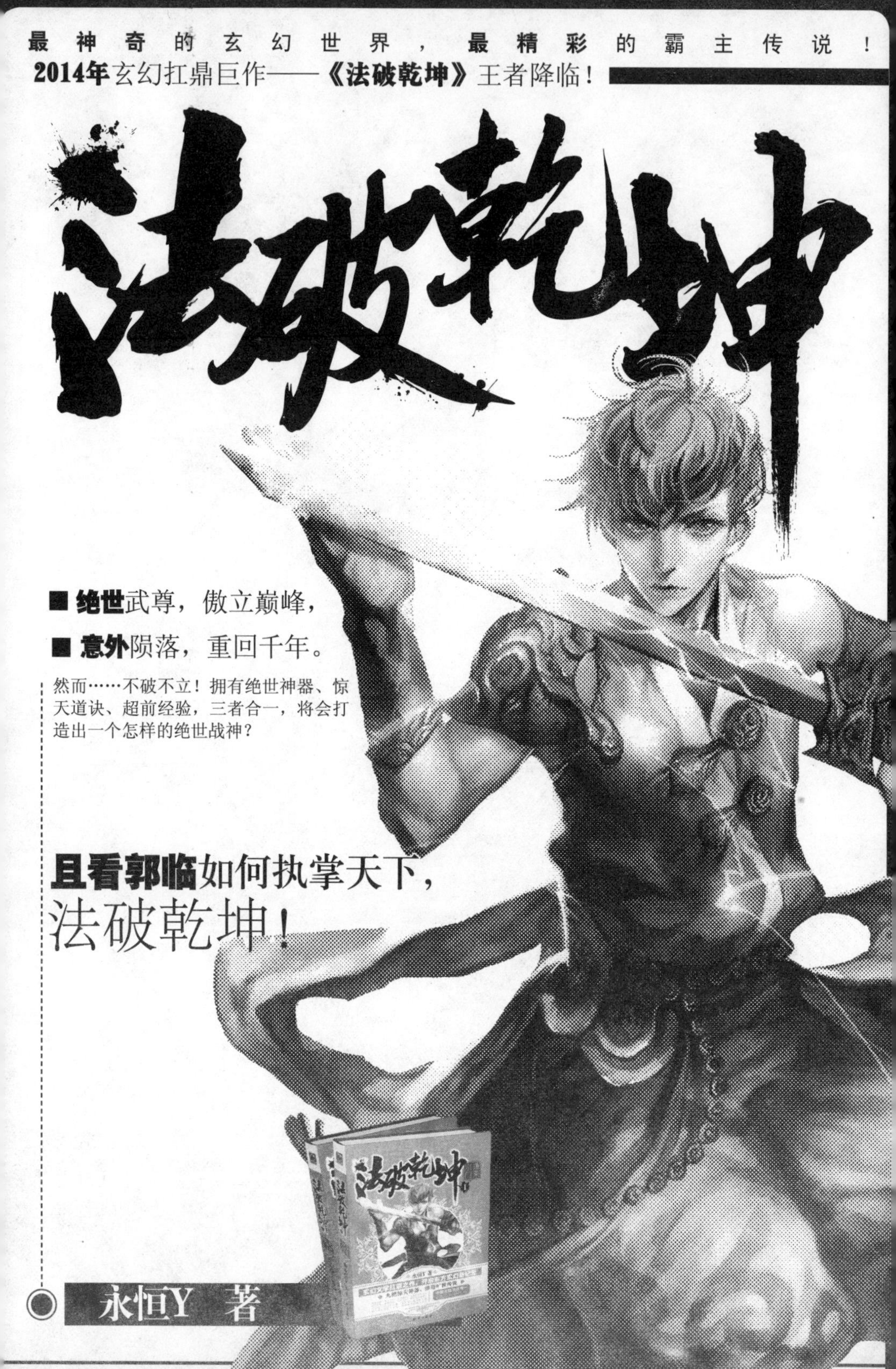

刷新晋江点击记录的超萌古代言情

《腹黑在手，天下我有》现更名为

狐狸在手，天下我有

狐狸者，艳丽无边，薄情寡义！

直到我们遇上他……

他是让人爱得癫狂，燃尽了生命也来不及爱的人；

他是淡淡的一份温暖；

他倾国倾城、倾人倾心倾魂，引得身边无数美女倾倒；

他温柔、骄傲、任性、吃醋，却散发无限魅力。

他是温润如玉、强大、美丽，仿佛无论何时唇边都会带着一抹微笑，温柔又骄傲的“狐狸男”！

花火萌力写手 女子囚团

继畅销网游小说《奈何萌徒是大神》之后又一力作

国内一线作家顾漫、唐七公子、蓝小咩强烈共鸣，

古言版《微微一笑很倾城》，你不心动吗？

笑 古 言 欢 快 来 袭 ！

艾可乐
少女的爱情小巫师
初吻的命运抉择……
初吻是——甜蜜蜜
可以和他一起开始一段浪漫的旅程
初吻是——酸溜溜
时而嫉妒，时而开心，时而闹些情绪
初吻是——小清新
可以开始少女的瑰丽幻想
初吻是——小刺激
从今天起踏上未知的恋爱之路
FIRST KISS
初吻仲夏殿
WITH PRINCE SUMMER
可是，有一种特别的初吻，你愿意尝试吗？
毒舌、自恋……可是，就算是这么一个讨厌鬼，她也不得不硬着头皮守在他身边，避免他因为诅咒而死。
艾可乐夏日爱情爆笑喜剧——《初吻仲夏殿》，
欢乐命运即将拉开！
吻上他，带给他的是……
死于非命

绕个山路十八弯，我们来到**“笨蛋主角也有春天”爆笑校园**分馆！

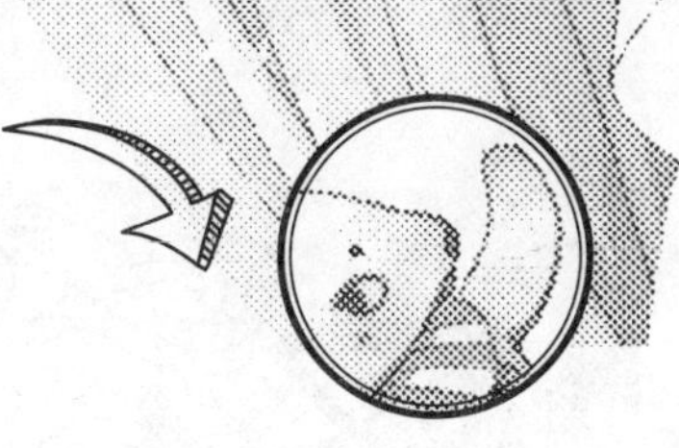

本馆主旨——

笨蛋主角也有春天！看书不喝水，喝水不看书！一切笑果，责任自负！

本馆样品展示——NO.03号

艾可乐《莲华传说·风之龙》

笨蛋龙公主的人类社会历险！
对手太聪明、太帅、太冷淡、太高贵都不可怕，可怕的是——遇上笨蛋女主角整个人生都颠覆了！
龙女一笑（PS：傻笑），倾城莲华！

内容简介：

哼哼，你们这帮愚蠢的人类！不要以为有好吃的肉包子和害龙哭得稀里哗啦的偶像剧就可以迷惑龙！

我红竺大人可是龙族新一代的精英，是绝对不会忘记自己的目标——来人类世界为我伟大的恶龙祖先雪耻的！

那个勇士后人——圣永司，干吗那样望着我？别以为你长得帅我就允许你随随便便对我好！哼哼，你那炙热的目光充分说明了你对我红竺大人卑劣的算计！

啊？公主殿下居然要当我红竺大人的朋友？

才不要！我高傲的红竺大人怎么会有人类的朋友！我才不要跟你好好玩耍呢！

艾可乐倾力打造最爆笑最温暖的现代奇幻物语——“蠢萌”龙少女的人类世界历险记！

颠覆《龙与勇士》的传说，见证爱与友谊的诞生！

本馆样品展示——NO.10号

巧乐吱《露西芙蔷薇之惑》

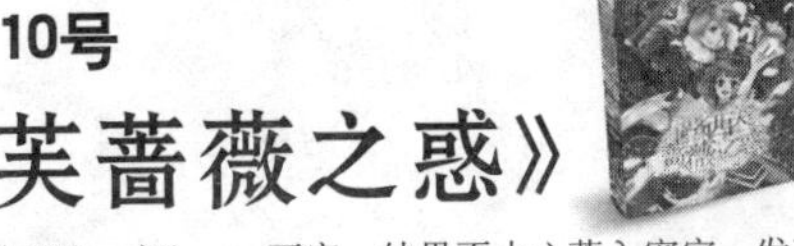

地下室埋藏三百年的亲王神奇复活，还赖上了学院最可怕的少女！他的请求居然是：求收留！
艾利西斯学院风云突变，秘宝真红宝石下落不明，差点引发大混乱！维护和平的办法竟然是：打败他？
一场融合爆笑、秘宝、亲情和友爱的蔷薇色童话！超华丽的异族罗曼史，恭迎最可爱的“撒旦”男主角驾到！

内容简介：

少女露西芙因为迟到翻围墙被罚打扫图书馆地下室，结果不小心落入密室，发现了一个华丽的木箱，箱子里面居然躺着一个沉睡了三百年的亲王！

而且这个亲王一醒过来看到她，居然就这么缠上了她！

被封印在地下室的亲王，不是应该很凶残很暴虐吗？为什么缠上她的这个这么笨又这么可爱，让她手足无措，让她心脏不受控制地狂跳？

哎呀，等等，怎么还突然冒出一个桃花运超强的剑道社社长对她告白？坐个电梯，也能撞到一个带着笑容的长发美男？

身手高强、心如铁石的露西芙，好像终于迎来人生的春天了！

还有**最邪魅狂霸男友**馆、**最走狗屎运女主角**馆、**最让读者流鼻血**馆等等更多分馆，

期待你们光临！

她们都是神秘的公主殿下！

她们都有着奇葩的悲惨身世！她们都是被王子嫌弃的少女！

韩在熙——猪小萌《木樱粉红馆》

【出 产 地】韩国
【性　　状】非常冷酷的美少年，说话总是冷冰冰的，听不出一丝感情。他的皮肤非常白皙，五官更是精致得如同瓷娃娃一般，让人怀疑他只是一尊雕刻家手下的塑像。
【规　　格】身高178cm，体重70kg
【功能特点】清热解毒，实属夏日消火良品。
【注意事项】此“男神”是有名的冷笑话大王，请众粉丝们准备好棉袄等御寒物品，以免被冻伤。

宫泽希——猪小萌《木樱粉红馆》

【出 产 地】中国
【性　　状】乌密的浓眉，如同一汪清泉的深邃的黑瞳；高挺的鼻梁如同太阳神阿波罗般完美俊逸；性感粉润的薄唇不时微张，露出了洁白无瑕的皓齿；小麦色的肌肤在白色的衬衫映衬下，显得格外诱人。
【规　　格】身高182cm，体重75kg
【功能特点】最强石头心脏。
【注意事项】此“男神”拥有一笑倾城，再笑倾国，三笑征服宇宙的完美外貌，可惜……冥顽不化、死不开窍，如果想要拥有他的爱，需要有“血”滴石穿的牺牲精神哦！（某编辑：被诅咒了的美少年真可怜……女主角：我更可怜好不好！）

汪财——猫小白《圣南学院男神团》

【出 产 地】中国
【性　　状】黝黑的皮肤，两只小眼睛就像是老鼠一样，贼眉鼠眼的。
【规　　格】身高175cm，体重不明
【功能特点】最不可缺少的极品“酱油王”。
【注意事项】没错，这位名字和某犬类动物极其相似的朋友因为其重要的“酱油王”身份而成功挤入“男神”行列，众位需要有相当强大的心脏，以免被他的招牌“猥琐笑容”闪瞎眼。

沐槿熙——猫小白《圣南学院男神团》

【出 产 地】地球某处
【性　　状】一头干净的金褐色碎发，白皙细腻的皮肤，精致俊美的五官，修长而魔鬼的身材，两只漆黑明亮的瞳孔在浓密的长睫毛下显得深邃而神秘，让人忍不住想要靠近。
【规　　格】身高185cm，体重76kg
【功能特点】可远观也可以近看的极品神经质美少年
【注意事项】此“男神”心机极重，小心不要被他天使般的笑容迷惑，不然被他卖了，还得笑着帮忙数钱哦！（某编辑：能够被他卖掉是多么幸福的事情啊……众人：鄙视……）

更多“男神”说明请见——

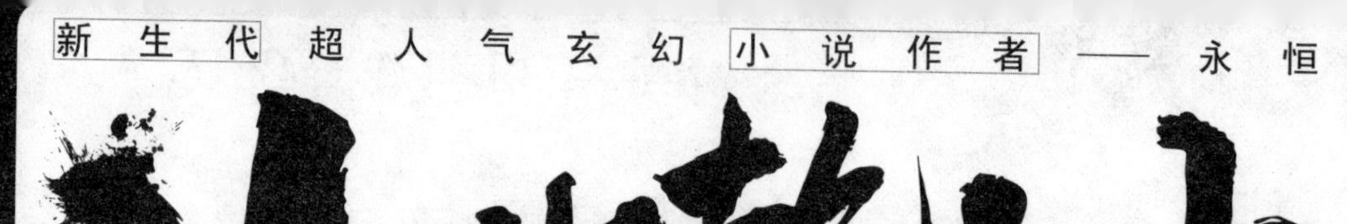
新生代超人气玄幻小说作者——永恒

就算狼狈不堪，也要抬头挺胸、昂然微笑、活得漂亮，就仿若宇宙第一的花朵，花瓣层层叠叠地舒展，骄傲怒放。
一场至纯至美的青春！
一段返璞归真的时光！
因为爱上你，
小事情才变成了大坎坷……
想把所有不起眼的小事与你分享。
想把所有能给你的赤诚陈列出来。
想把所有你对我的意见认真改好。
因为，上天注定，
你就是那个我应该遇到的如彩虹般绚丽的人！
奈奈
轻叩你最柔软的穴道，
带来青春成长最纯粹最美好的散文诗——
《宇宙第一的你》
心中的花儿，
因为爱与信念，
早已娇艳欲滴。
繁花似锦，
成长为我们的天长地久！